KB181860

한국 희곡 명작선 137

천년새

한국 희곡 명작선 137

천년새

윤한수

평민사

윤한수

천년새

등장인물

꼭두쇠 : 남사당패의 우두머리
뜬쇠 : 남사당패 연희자 감독
저승패 : 늙어 기능을 상실한 노인
만적 : 남사당패 무동, 줄타기꾼
필례 : 꼭두쇠의 딸, 무동
덧뵈기쇠 : 남사당패 탈놀이꾼
살판쇠 : 남사당패 땅재주꾼
덜미쇠 : 남사당패 꼭두각시 놀이군
잽이 : 남사당패 악사
여사당 : 다른 남사당패에서 온 여인
어름산이 : 남사당패의 줄타기꾼(幻影)
무동 ①, ②, ③
망나니
병졸

첫째 마당

어두움. 멀리서 서서히 스며드는 농악소리. 밀물처럼 서서히 밀려온다. 마치 어느 시골 언덕길을 넘어오는 듯 점점 가까이 밀려온다. 어깨춤이 저절로 나오도록 흥겹다. 이때 누군가 기뻐 외치는 소리가 농악소리를 뚫고 들려온다.

소리 남사당패가 온다! 남사당패가 온다!

외치는 소리 점점 높아진다. 농악소리 역시 점점 높아지면서 막이 오르면 시골 어느 마을. 늦가을 황혼. 주홍빛으로 온통 물들어 있는 하늘. 그 하늘 아래 병풍처럼 펼쳐 있는 산들. 그 산기슭에 옹기종기 모여 있는 초가(草家)들. 굴뚝에서는 검은 연기가 하늘 높이 피어오르고, 한 폭의 그림처럼 아름답다. 그 마을 앞 들판이 무대다. 그 들판에 펄럭이는 영기를 든 남사당패가 들어온다. 그 뒤를 이어 날라리, 상쇠, 징, 북, 장고, 벅구, 새미, 무동, 양반광대 등장.
점점 신바람이 나서 악기를 치고 불며 춤을 춘다. 이들은 신명나게 풍물놀이를 펴며 들판에 원을 그린다. 여러 번 반복해서 원을 그린다. 모두들 신들린 사람처럼 풍물놀이를 편다. 이들 머리에 쓴

고깔모자도 흥겹게 춤을 춘다. 이들은 넓게 또는 좁게 원을 그린다. 그 원 안에 한 사람씩 들어가 자기 재주를 아끼지 않고 마음껏 재주를 부리기도 한다. 오랫동안 풍물놀이에 취해 있는 남사당패들. 얼마나 뛰었는지 땀방울이 온몸을 적신다.

이윽고 영기를 든 사람이 들어온 반대쪽으로 나간다. 남사당패들도 들어온 차례대로 영기를 따라 나간다. 이윽고 텅 빈 들판. 한바탕 태풍이 지나간 후처럼 쓸쓸하다. 농악소리도 점점 멀어져 간다.

어느 새 주홍빛 하늘이 잿빛으로 변하고 점점 어두움이 깔린다. 아직껏 멀리서 들려오는 농악소리. 이때 누군가 다급하게 외치는 농악소리를 뚫고 저 멀리서 들려온다.

소리　만적이가 도망친다! 만적일 잡아라! 만적이가 도망친다!

어느 새 어둠이 짙어가고 농악소리도 사라졌다. 여러 사람들이 "만적일 잡아라!" 하는 소리만 저 멀리서 들려온다. ─서서히 암전

둘째 마당

첫째 마당과 같은 들판. 밤. 하늘엔 초승달이 걸려 있다. 멀리서 개 짖는 소리. 횃불(광솔불)이 어둠을 밝혀주고 있다.

만적(열여섯쯤)이가 양팔을 하늘로 쳐든 채 무릎을 꿇고 벌을 받고 있다. 만적은 다른 남사당패처럼 바지저고리에 검은 조끼, 허리에 흰 띠를 맸다. 만적의 얼굴은 곱상하나 빛나는 눈이며 굳게 깨문 입술이 고집스럽고 의지가 강한 인상을 풍긴다. 만적의 주위에 서 있는 남사당패들, 모두 차가운 시선으로 만적을 쏘아보고 있다. 그리고 한쪽 구석에 모여 있는 무동 ①, ②, ③은 불안감에 떨고 있다. 그 옆에 필례(만적이 또래)가 안타까워서 금방 울어버릴 듯한 표정으로 서 있다. 저승패와 여사당도 만적의 고문을 가슴 아파하는 모습이다. 뜬쇠가 채찍으로 만적의 등을 치고 있다.

만적 (채찍을 맞으며 숫자를 센다. 고통을 이겨내려는 듯 악을 쓴다) 마, 마흔두울… 마아흔셋… 마, 마아흔네엣… 마, 마아흔다, 다아섯… 마마… 마… 마….

뜬쇠 (계속 치며) 세라! 세!

만적 (더욱 악을 쓰며) 마, 마아흔여, 여섯… 마, 마아흔… 일, 일곱… 마, 마….

뜬쇠 (더욱 치며) 이놈아, 더 크게! 더!

만적 (굽히지 않으려는 듯 더욱 악을 쓴다) 마, 마아흔아, 아홉… 시
흔!… 시, 시흔하, 하낫!… 시흔두, 두울!… 시, 시흔세엣!

꼭두쇠가 뜬쇠에게 채찍을 멈추라는 손짓을 한다.

뜬쇠 (채찍질을 멈춘다) 지독한 놈이군!

만적이가 아픔을 이겨내려고 고개를 떨구며 몸부림을 친다.

꼭두쇠 (만적에게) 고개를 들어라.

만적 …….

꼭두쇠 고갤 들어!

만적 …….

뜬쇠 (위협적으로) 이놈아, 꼭두어른 말씀이셔!

만적 ……. (무겁게 고개를 든다)

꼭두쇠 (잠시 만적을 노려보다가) 우리 남사당패의 규칙이 뭐냐?

만적 …….

꼭두쇠 (날카롭게) 아느냐, 모르느냐?

만적 아… 압니다.

꼭두쇠 첫째?

만적 도… 도망치지 말 것….

꼭두쇠 둘째?

만적 식, 식구간의 물, 물건을 훔치지 말 것….

꼭두쇠 셋째?

만적 남, 남사당패… 안, 안에 이야기를 밖에서 내지 말 것….

꼭두쇠 그 셋 중에 으뜸가는 죄는?

만적 도… 도망치는 죄….

꼭두쇠 (큰 소리로) 알고 있는 놈이 도망을 쳐?

만적 …….

꼭두쇠 왜 도망쳤느냐?

만적 …….

꼭두쇠 우리 남사당패가 싫어서냐?

만적 ……

꼭두쇠 아님, 배가 고파서 도망을 쳤느냐?

만적 …….

꼭두쇠 배가 고픔, 네놈만 배가 고픈 게냐? 우리 모두는 배불리 먹고 니놈만 굶긴 게냐? 앙?

만적 ……. (무겁게 고개를 든다)

꼭두쇠 (벌컥 화를 내며) 아님, 뭐냐? 이놈아, 말을 해라! 말을 해!

만적 …….

덧뵈기 저놈의 황소고집!

꼭두쇠 (뜬쇠에게서 채찍을 빼앗듯 낚아챈다) 네놈이 결코 입을 열지 못하겠담! (채찍으로 만적을 내려친다. 만적이 신음한다) 왜 도망을 쳤어! (채찍을 또 내려치려고 팔을 높이 들자)

11

필례   (갑자기 울부짖듯) 그만! 그만하세요! 그만! (마침내 울어버린다)

모두   ……. (의아해 한다)

꼭두쇠   (필례에게 압도당한 듯 채찍 든 팔을 내린다. 필례를 쏘아보며) 필례 넌 왜 질질 짜는 게냐? 우릴 배반하고 도망친 놈이 매 맞는 게 그리도 맘이 아픈 게냐?

필례   ……. (눈물을 감춘다)

저승패   (분위기를 바꾸려는 듯이 만적에게) 이놈아, 어서 용서를 빌어라! 어서!

여사당   (역시 안타까워서) 그래라. 다신 안 그러겠다구 말씀드려!

꼭두쇠   (강조하듯) 비록 우리 모두는 남사당 땜에 명줄을 연명하고 있다. 우린 남사당의 고마움을 알아야 한다. 지금껏 우리 목구멍에 풀칠을 해준 것도 남사당이다. 남사당은 우리의 생명줄이다. 우린 남사당패와 함께 살고 함께 죽는다. 이것이 우리 남사당패의 법이다! 우리 남사당패의 법을 어기고 도망친 놈은 절대로 용서할 수 없다! 어느 누구도! 지금껏 도망잘 그대로 놔둔 적은 한 번도 없었다. 반드시 붙잡아 벌을 받았고, 떠나도 남사당패에 진 빚을 다 갚고야 떠났다. 더구나 만적이 네놈은 어느 누구보다 우리 남사당패의 은혜를 많이 입은 놈이다. 니놈이 어떻게 해서 우리 남사당에 들어왔는지 들어서 잘 알고 있을 게다. 피도 마르지 않은 갓난애로 길거리에 버려진 것을 우리 남사당패가 주워 갖은 설움, 설움 다 겪어가며 키운 놈이 바로 네놈이다. 그런 놈을 무동으로 춤도 가르치고 노래도 가르치고 줄타기도 가르쳤다. 이제 겨우 무동에서 벗어나 죽은 어름산이를 대신하여 줄타기꾼으로 쓸만하니까 도망을 쳐? 이런 배은망덕한 놈! (채찍으로 만적을 친다. 만적이 신음한다) 왜 도망쳤느냐?

만적   ……

덧뵈기   참으로 독한 놈이네, 독한 놈이야.

꼭두쇠   (벌컥 큰 소리로) 왜 도망쳤느냐고 물었다. 왜?

만적   (울분을 토하듯이) 견, 견딜 수가 없어서요! 견딜 수가….

꼭두쇠   뭐가 견딜 수 없었단 말이냐? 배가 고파서? 니놈만 굶주리고 있었던 게야?

만적   아녜요, 아녜요!

꼭두쇠   아님 뭐냐?

만적   두들겨 패서요! 팔이 시퍼렇게 멍들었다구요. 팔을 움직일 수 없었어요, 팔을!

꼭두쇠   왜?

만적   살판쇠가 밤이면 밤마다 때려서요.

꼭두쇠   살판쇠가?

살판쇠   맞을 짓을 해 몇 대 주어 맞은 게 그리도 분한 게야?

만적   난… 맞을 짓을 한 적이 없어요.

살판쇠   삐리가 상전인 숫동모 말을 잘 듣잖은 것도 잘한 짓이야?

꼭두쇠   그만, 그만! (사이) 이놈아, 삐리란 놈이 윗사람이 좀 그랬다구 도망을 쳐? 그게 잘한 짓이냐?

만적   ……

덜미쇠	헛! 진짜 황소고집이네, 황소고집이야!
저승패	(안타까워서) 이놈아, 어서 용설 빌어라, 어서!
여사당	(역시) 어서 꼭두어른께 빌어라. 다신 안 그러겠다구, 어서!
만적	… 꼭, 꼭두어른… 다… 다신….
꼭두쇠	다신… 도망치지 않겠다는 게냐?
만적	예. 다, 다신….
꼭두쇠	맹세코?
만적	맹, 맹세코….
꼭두쇠	좋다! 처음이니 이쯤 해두겠다만 벌은 받아야 한다. 알겠느냐?
만적	……. (고개만 끄덕인다)
꼭두쇠	만적이, 이놈을 묶어놓고 삼일을 굶기시오. 그리고 저승패 어른?
저승패	……?
꼭두쇠	저승패 어른께선 만적이 이놈을 철저히 감시하세요. 만약 만적이 이놈이 다시 도망치면 저승패 어른께선 우리 남사당패에서 쫓겨날 줄 아시오. 아시겠소?
저승패	알, 알 것네….
꼭두쇠	그리고 살판쇠! 삐리를 좀 부드럽게 다뤄야지!
살판쇠	이놈은 언제고 또 도망치고 말 놈입니다. 이놈의 다리몽둥이를 분질러 놓기 전에는 또 도망치고 말 겁니다. 아마 그땐 이놈 혼자가 아니고 우리 남사당에 있는 무동 여섯을 다 끌고 삼십육계를 칠 겁니다. 그렇게 되면 우리 남사

당도 대가 끊기게 될 것이고, 결국 남사당패는 땅 위에서 사라지고 말겁니다.

꼭두쇠 (의아해서) 그게 무슨 소린가, 살판쇠?

살판쇠 내가 명색이 이놈의 숫동모(남자구실)입니다. 밤마다 이놈과 함께 자는 숫동모지만… 속말은 절대 하잖는 놈이라 지금껏 설마 했었는데, 이제사 이놈 속셈을 알 것 같습니다.

만적이가 살판쇠를 쏘아본다. 증오에 찬 눈빛이다.

꼭두쇠 뭘 안다는 게야?

살판쇠 아마 이 사실을 아는 사람은 알고 있을 겁니다.

꼭두쇠 무슨 사실을?

살판쇠 만적이 이놈이 오래 전부터 무동들에게 도망치자고 충동질 해왔다는 사실을요.

꼭두쇠 충, 충동질을?

살판쇠 만적이 이놈은 오래 전부터 무동들에게 학춤을 가르쳐왔습죠.

꼭두쇠 학, 학춤을?

살판쇠 나와 함께 잠을 자다가 이른 새벽 먼동이 틀 무렵이면 만적이 이놈은 언제나 몰래 빠져나갔습니다. 그래서 도대체 매일 새벽마다 어딜 가 무엇을 하나 하도 궁금해서 두세 번 뒤를 밟아 봤드니만….

15

꼭두쇠 그랬드니?

살판쇠 냇가에서 목욕을 하고….

꼭두쇠 냇가에서 목욕을 하고?

살판쇠 먼동이 튼 동녘 하늘을 바라보며 무릎을 꿇고, 두 손을 합장하고, 뭐라고 중얼거리드니만….

꼭두쇠 그러드니?

살판쇠 서서히 일어나 춤을 추기 시작했죠. 학춤을요.

꼭두쇠 학춤을?

살판쇠 그러자 얼마 후에 무동들이 하나둘 모여들었고, 모여든 무동들은 만적이 이놈과 어울려 학춤을 췄습니다.

꼭두쇠 모두? 모두 다?

살판쇠 그래요. 그런데 문젠 여기 있습니다. 나도 이 얘긴 다른 삐리(무동)에게서 들었습니다만 만적이 이놈이 무동들에게 뭐라고 선동질했는지 아십니까?

꼭두쇠 뭐라 했는데?

살판쇠 아마 꼭두어른께서도 이 얘길 들으시면 웃어넘기고 말 겁니다. 나도 처음 그 얘길 들었을 땐 웃어넘기고 말았으니까요. 헌데, 지금 생각하면 그것이 무서운 선동이었습니다. 무서운 선동!

꼭두쇠 무서운 선동? … 뭐라 했길래?

살판쇠 정성을 다해 매일 새벽녘에 학춤을 추면 언젠가는 천년을 사는 학이 될 수 있다나요.

꼭두쇠 천, 천년을 사는 학이? … 학이 될 수 있다고?

살판쇠　학이 되어 저 넓고 푸른 하늘을 훨훨 날아….

꼭두쇠　넓고 푸른 하늘을 훨훨 날아?

살판쇠　청학동으로 간다나요.

꼭두쇠　청, 청학동으로…?

살판쇠　그곳에 가면 청학과 백학들이 무리를 지어 춤을 추고 나무마다 열매가 주렁주렁하니 먹을 것 걱정 없고 낮에는 사슴들과 숨바꼭질하고 밤이 되면 향기 그윽한 꽃잎을 덮고 꿈나라로 가고….

꼭두쇠　(살판쇠의 말을 막으며) 그곳이 어디에 있는데?

살판쇠　하늘 아래 그런 곳이 어디 있겠습니까? 이게 다 도망치자고 무동들을 꼬시려는 수작이 아니고 뭐겠습니까?

꼭두쇠　(불안 속에서) 학이 되어 하늘을 훨훨 날아… 청학과 백학이 무리지어 춤을 추는 곳…?

덧뵈기　나도 알고 있었습니다만, 너무 황당해서….

꼭두쇠　덜미쇠두 알고 있었소?

덜미쇠　알, 알고는 있었습니다만….

꼭두쇠　잽이께서두?

잽이　내 삐리(암동모)에게서 듣기는 들었습니다만….

꼭두쇠　여사당께서두?

여사당　학춤 추는 걸 서너 번 훔쳐보았습니다만….

꼭두쇠　저승패 어른께선요?

저승패　나? (마음을 감추며) 금, 금시초문인 걸….

꼭두쇠　뜬쇠께선?

뜬쇠	듣긴….
꼭두쇠	대수럽잖게 여겼단 말이오?
뜬쇠	그게 어디 말이나 될 법한 소리입니까? 어찌 사람이….
꼭두쇠	(뜬쇠의 말을 자르며 화를 낸다) 무슨 소리요, 무슨 소리! 무동들의 생각은 우리완 달라요, 달라! 흰 것을 검다고 하면 그렇게 믿는 게 어린 무동들이란 말이오! 연희자를 감시, 감독할 의무가 있는 뜬쇠께선 그것도 모르시오?
뜬쇠	……. (고개를 숙인다)
꼭두쇠	(금시 안절부절못하며) 나도 지나간 얘기로 만적이 이놈이 학춤을 춘다는 말은 한두 번 들었지만… 그 학춤 속에 그런 어처구니없는 속셈이 숨어 있었다니… (더욱 불안해서) 이것 참 큰일 났군… 큰일 났어… 지금껏 어떻게 지켜온 남사당인데… 어떻게 꾸려온 남사당팬데, 만적이 네놈이 망쳐 놓을 심보를 품은 게야? 앙?
만적	…….
꼭두쇠	(무동들에게 쏘아붙이듯) 이놈들아? 무동 이놈들아?
무동들	……. (무서워서 몸을 움추린다)
꼭두쇠	만적이한테서 학춤을 배웠느냐?
무동들	……. (고개만 끄덕끄덕)
꼭두쇠	학춤을 추면 언젠가는 학이 될 수가 있다고 하더냐?
무동들	……. (고개만 끄덕끄덕)
꼭두쇠	그곳에 가면 청학과 백학이 떼를 지어 춤을 추고, 나무마다 열매가 주렁주렁, 사슴들과 숨바꼭질하고, 꽃잎을 덮고

꿈나라로 가고?

무동들　……. (역시 고개만 끄덕끄덕)

꼭두쇠　그래? 그렇다구? 이놈들아, 너희들은 그 말을 믿느냐?

무동들　…….

꼭두쇠　(위협적으로, 채찍으로 땅을 치며) 이놈들아, 대답을 해라! 믿느냐, 안 믿느냐?

무동들　……. (본심을 감추며, 무서워서 고개만 좌우로 흔든다)

꼭두쇠　믿지 않는단 말이냐?

무동들　……. (고개만 끄덕끄덕)

꼭두쇠　이놈들아, 만적이 이놈이 너희들에게 거짓말을 한 게야. 사람은 절대로 학이 될 수 없는 거야. 학춤을 백 번 아니, 천만 번을 춘다고 한들! 만적이 이놈을 그것을 알고 있을 게다. (만적에게) 안 그러냐, 이놈 만적아? 네놈이 무동들에게 거짓말을 한 게지?

만적　(자신감을 갖고) 어, 어름산이 어른께서 말씀하셨습니다. 사, 사람도 학이 될 수 있다고요.

꼭두쇠　뭐라고? 어름산이? 죽은 어름산이 말이냐?

만적　예.

꼭두쇠　죽은 어름산이가 네놈에게 학춤을 가르쳐줬단 말이냐?

만적　예.

꼭두쇠　그래? (어이가 없다는 듯 웃는다) 거짓말! 이놈아, 죽은 어름산이완 평생을 함께 살아온 나다. 죽은 어름산이가 학춤을 추었다고? (다시 어이가 없다는 듯 웃는다)

19

만적　　늘 먼동이 틀 새벽녘 무렵이면….

꼭두쇠　학춤을 추웠다?

만적　　목욕재계하시고….

꼭두쇠　그래, 죽은 어름산이가 사람도 학이 될 수 있다고?

만적　　예, 정 정성을 다해 열심히 학춤을 추면… 살아서 못 되면
　　　　　죽어서라도….

꼭두쇠　학이 되어 하늘을 훨훨 날아….

만적　　청, 청학동으로….

꼭두쇠　(만적의 말을 자르며) 그곳이 어디에 있다드냐?

만적　　하, 하늘 아래… 어디엔가….

꼭두쇠　하늘 아래 어디엔가?

만적　　그리 멀잖은 곳에….

꼭두쇠　그걸 믿느냐?

만적　　믿, 믿습니다.

꼭두쇠　믿어?

만적　　예, 믿습니다.

꼭두쇠　(벌컥 화를 내며) 이놈아! 죽은 어름산인 네놈에게 거짓말을
　　　　　한 게야, 거짓말을! 네놈은 무동들에게 거짓말을 한 거구!

만적　　어름산이 어른께선 거짓말을 하잖습니다.

꼭두쇠　(채찍으로 만적을 친다) 이놈아, 사람은 결코 학이 될 수 없어!
　　　　　어름산인 거짓말쟁이야! 허풍쟁이야! 그러냐, 안 그러냐?
　　　　　대답해라, 대답해! 이래도 대답을 못하겠단 거냐, 대답을!

만적　　……. (신음 속에서 꿋꿋이 견뎌낸다)

꼭두쇠 (마침내 제풀에 꺾여 채찍질을 그만 둔다. 혼자 말처럼) 지독한 놈! 몹쓸 어름산이! 어린 무동에게 참으로 빌어먹을 것을 심어 주고 갔군 그려! (불안한 마음으로, 잠시 서성거리다가 왈칵 소리를 지른다) 이놈들아! 앞으론 절대로 학춤을 춰선 안 될 줄 알라! 앞으론 학춤을 추는 놈이 있으면 팔을 분질러 놓고 말 것이야! (위협하듯 채찍으로 땅을 치며) 알겠느냐!

무동들 ……. (무서워하며 고개만 끄덕끄덕)

꼭두쇠 만적이 니놈은 왜 대답이 없느냐?

만적 …….

꼭두쇠 또 학춤을 추겠다는 게냐?

만적 …….

꼭두쇠 (채찍으로 만적을 후려치며) 이놈아, 또 출 테냐, 안 출 테냐?

만적 ……. (신음만)

필례 (안타까워서) 안 추겠다구 해! 어서!

저승패 (역시 안타깝게) 아이구, 저놈에 고집….

살판쇠 팔을 분질러 놔야 해요, 팔을!

여사당 (안타까워서) 다신 안 추겠다고 해, 다신….

꼭두쇠 다시 묻겠다. 또 학춤을 출 테냐?

만적 (신념 속에서) 전, 믿… 믿습니다….

꼭두쇠 그래도, 이놈이! (채찍을 내려친다. 계속 만적에게 채찍질을 하며 고래고래 소리를 지른다) 이놈아! 사람은 절대로 학이 될 수 없대두! 없어! 천만 번 학춤을 춘들! 절대로! 절대로! 이래두 학춤을 출 테냐? 이래두! 이래두! 이래두!

만적, 채찍을 맞으며 고통스런 듯 몸부림을 친다. 신음한다. 그러나 이를 악물고 참아내려고 애를 쓴다. 필례, 여사당, 저승패는 안타까워서 안절부절. 무서워 떨고 있는 무동들, 다른 남사당패들은 차가운 시선으로 만적을 쏘아보고만 있다. 꼭두쇠는 고래고래 소리를 지르며 계속해서 채찍질을 하고 있다.

여기에 서서히 암전.

셋째 마당

전 마당과 같은 들판,

다음 날 오후, 가을 하늘이 수정처럼 맑다. 찬란한 햇살이 들판에
쏟아지고…. 만적, 채찍에 찢기고 찢긴 몸으로 밧줄에 묶여 있다.
그리고 저 만큼에서 꾸벅꾸벅 졸고 있는 저승패. 저승패의 손에는
만적을 묶은 긴 밧줄의 끝을 쥐고 있다.

만적, 저승패의 눈치를 살피며 밧줄에서 빠져나오려고 몸부림을
친다.

저승패는 여전히 꾸벅꾸벅 졸고만 있다. 만적, 여전히 몸부림을 친
다. 그러나 불가능하다. 만적, 저승패가 쥐고 있는 밧줄을 빼내려
는 듯 몸으로 밧줄을 당긴다. 밧줄이 팽팽해진다. 저승패, 밧줄이
움직이자 넌지시 눈을 뜬다. 만적 그것도 모르고 여전히 몸부림을
치며 밧줄을 당긴다. 저승패, 마치 신호를 보내듯 밧줄을 두세 번
잡아챈다. 만적, 비로소 슬그머니 몸부림을 포기한다.

저승패　(조용히) 부질없는 짓 말랬잖느냐?

만적　　……. (멋쩍은 듯 고개를 숙이며 저승패를 훔쳐본다)

저승패　잠 좀 자자. 어젯밤엔 니놈 땜에 눈 한번 못 붙였다.

저승패 다시 눈을 감는다. 잠시 침묵.

만적   저, 저승패 어른….

저승패   ……. (어느새 꾸벅꾸벅)

만적   (약간 큰 소리로) 저승패 어른!

저승패   (눈을 뜬다) 아, 잠 좀 자자니까, 잠 좀!

만적   ……. (다시 몸을 움츠린다)

저승패   ……. (다시 눈을 감는다)

잠시 침묵.

만적   (다시 넌지시) 저… 저승패 어른….

저승패   …….

만적   왜… 왜 모르신다구 하셨어요?

저승패   (눈을 감은 채로) 무얼 말이냐?

만적   어젯밤, 꼭두어른께서 물었을 때… 제가 학춤을 춘 걸…
             무동들에게 학춤을 가르친 것을… 저승패 어른께서는 여
             러 번 보셨잖아요?

저승패   (다시 눈을 뜬다) 그래서? 이놈아, 그게 불만이냐?

만적   전… 알, 알고 있어요. 저승패 어른 마, 마음을….

저승패   이놈아, 내 맘을 움직일 생각은 아예 마라.

만적   사람을 사람만이 구원할 수 있다고 말씀하셨어요.

저승패   누가?

만적   어름산이 어른께서요.

저승패   이놈아, 사람이 사람을 죽일 수도 있다는 말은 하지 않
          더냐?

만적   …….

저승패   다시 도망치다 잡히면 꼭두쇠가 그냥 둘 것 같으냐? 넌 죽
          어. 난 남사당패에서 쫓겨나고. 그렇게 되면 이 늙은이 갈
          곳도 없다. 의지할 사람두, 죽으면 이 몸뚱이에 뗏장 한 장
          덮어줄 사람두 없게 된다.

만적   …….

저승패   (한숨) 나도 젊었을 땐 남사당의 살판쇠로 땅재주 하나는
          으뜸이었다만… 세월에는 장사가 없다드니 어느 새 저승
          갈 날만 기다리는 저승패 신세가 되었다….

만적   …….

저승패   나도 가슴이 아프다. 널 감시하고 있는 나도… 어쩌다가
          너와 내가 바늘과 실 신세라니….

          잠시 침묵.

저승패   만적아, 괜한 생각 모두 다 털어버려라. 학춤이며… 학이
          되겠다는 생각이며… 어디로 가겠다는 생각까지두… 모
          두 허황된 꿈이야, 꿈!

만적   …….

저승패   나두 모르겠구나. 죽은 어름산이가 어쩌자구 네게 그런

허황된 꿈을 심어주었는지 (사이) 죽은 어름산인 참으로 좋은 사람이었다. 동료들을 극진히 우앨 줄 알구, 궂은 일은 항상 도맡아 하구, 아무리 굶주려도 비굴한 짓 않구, 불쌍한 사람을 도울 줄 알구, 불의엔 목숨 걸 줄 알구, 그러면서도 평생 불평 한번 없이, 얼굴은 항상 보름달 같이 밝았지. 아무리 생각하여도 남사당패로 썩기는 아까운 사람이었어. 마치 어느 성인 같았으니까…. 그리고 어름산이가 줄타기를 할 때 그 모습이 또한 어떻드냐? 마치 학이 양 날개를 저으며 저 드높은 하늘을 훨훨 나는 듯한 그 모습은 참으로 가관 중에 가관이지 않더냐.

만적   (하늘을 바라보며) 그래요, 학이 하늘을 나는 듯 했었죠.

잠시 침묵.

저승패   그런 어름산이가 너에게 왜 그런… (사이) 만적아, 다 잊어라. 사람은 분수대로 살아야 하는 거야. 사람은 자기 팔자를 거역하면 죽게 되는 법이다. 니 아버지두 그래서 죽었다는 걸 벌써 잊었느냐?

만적   …….

저승패   니 아버지두 종놈들을 선동하여 함께 도망치다가 붙잡혀 죽었다는 걸. (사이) 도망치잖고, 이것이 내 팔자려니 하고, 고분고분 주인어른 말 잘 듣고 종노릇만 잘 해드래도, 피도 마르잖은 갓난 니놈을 길바닥에 버리지두 않았을 게구, 청청히 남은 목숨에 돌을 들쳐메고 강물에 들어가지 않아도 됐을 게 아니냐?

만적 (금시 울먹이며) 그만두세요, 아버지 얘긴.

저승패 이놈아, 니놈두 니 아버지처럼 제 명대로 못 살까봐 허는 소리야! 니놈이 도망친들 꼭두쇠 손바닥을 벗어날 것 같으냐? 작년 겨울에 버나쇠두 올봄에 도망쳤던 상쇠두, 하룻밤을 못 넘기고 붙잡혀 와 반죽음이 되도록 매를 맞는 걸 니놈은 못 봤느냐? 도망자에겐 인정사정두 없는 꼭두쇠야!

만적 ……

저승패 만적아, 이 늙은 저승패가 부탁한다. 제발, 니 맘속에 있는 허튼 것들을 다 버려라. 넌 남사당패의 어름산이로 죽은 어름산이를 이어 줄만 잘 타면 만사형통이여.

만적 ……

이때 필례가 들어온다. 손에 무엇을 싼 봉지를 들었다.

저승패 (필례에게) 풍물놀인 아직 시작도 안 했나보구나. 조용한 게.

필례 풍물놀이가 다 뭐예요. 아직 곰뱅이(허락)도 트지 못했는 걸요.

저승패 아직두?

필례 똥찬설(양반)이 승낙을 해줘야 곰뱅일 트죠. 아버지, 곰뱅이쇠, 뜬쇠, 덧뵈기쇠, 살판쇠니 덜미쇠, 집이, 상쇠 할 것

없이 모두 똥찬설에게 손이 발이 되도록 애원하고 있습니다만… 워낙 옹고집쟁이인 똥찬설이라… (한숨을 쉰다) 아무래도 이 마을에서도 곰뱅이를 트긴 틀린 것 같아요.

저승패   언제 똥찬설이 쳇 가슴 터지듯이 시원하게 곰뱅일 터준 적이 몇 번이나 있었냐만… 큰일 났구나. 벌써 열흘이 넘도록 이 마을 저 마을, 마을만 쫓아다니고 있으니….

필례   어쩔 수 없죠. 정 안 되면 해 떨어지기 전에 다른 마을로 가는 수밖에요.

저승패   이젠 어디로 갈 기력두 없을 게야, 모두들….

필례   배부른 똥찬설이 배고픈 우리네 사정을 알아줄 리 있겠어요.

저승패   (투덜거리듯) 죽일 놈의 똥찬설! 일년 내내 밤낮 황소처럼 부려먹은 쌍것들을 위해 남사당패 놀이판 한번 보여주는 게 뭐가 그리 아까워서 곰뱅일 안 터 줘!

필례   재미는 쌍것들이 보고 곡식은 똥찬설이 내니깐 그러겠죠.

저승패   (벌컥 화를 낸다) 똥찬설은 귓구멍두, 눈깔두 없데?

필례   언제 똥찬설이, 우리 남사당패 놀일 구경한 걸 보셨어요?

저승패   그놈에 체면! 양반체면! 체면만 따질 줄 알았지!

필례   그러게 양반을 똥찬설이라구 하죠.

저승패   빌어먹을! 빌어먹을, 똥찬설!

필례   (한숨) 이 세상엔 맘 후한 양반도 많으련만… 우린 가는 곳마다 몹쓸 똥찬설만 만나는군요.

저승패   (한숨) 그러게 말이다….

필례   (비로소 손에 든 것을 느끼듯) 어머, 내 정신 좀 봐. (봉지에서 고구
마를 꺼내 저승패에게 내민다) 이것 드세요. 마을에서 얻어 온
고구마예요.

저승패 (받으며) 너나 먹지 뭘….

필례   (저승패에게 고구마를 하나 주고는 만적의 곁으로 가서는) 또 도망
갈 궁리 하고 있는 거야?

만적   ……

필례   입 벌려.

만적   ……

필례   이 고집쟁이야. 어서!

저승패 (먹으며) 어서 먹어라, 누가 보기 전에.

필례   미워 죽겠어. 자! 입을 벌려.

만석   ……. (입을 벌린다)

필례   (만적의 입에 고구마를 잘라서 넣어준다) 날 두고 도망가면 천리
라도 갈 것 같았어?

만적   ……. (배고픈 듯 허겁지겁 먹는다)

필례   천천히 먹어, 천천히.

만적   ……. (조금 천천히 먹는다)

필례   (만적의 어깨를 만지며) 어때?

만적   ……. (신음)

필례   아파?

만적   ……. (고개만 끄덕끄덕)

필례   (만적의 어깨를 주무르며) 이 바보야. 매에는 장사가 없다는 걸

알아야지.

만적　……. (아픈 듯 이마를 찌푸리면서도 고구마를 먹는다)

필례　(만적의 다른 어깨를 주무르며) 여기는?

만적　……. (아픈 듯 신음)

필례　(주무르며) 참아. 이게 다 날 속썩힌 벌이야.

만적　……. (고통스러운 듯 인상을 찌푸린다)

이때 살판쇠가 들어온다.

살판쇠, 필례가 만적의 어깨를 주무르고 있는 광경을 보자 잠시 발걸음을 멈추고 아니꼬운 시선으로 바라본다. 살판쇠, 이윽고 마치 신호라도 보내듯 헛기침을 한다. 그 소리에 저승패와 필례는 살판쇠를 본다. 그러나 만적이는 외면해 버린다.

살판쇠　(빈정거리듯) 필례와 만적이가 함께 있는 모습이, 마치 금실 좋은 한 쌍의 원앙 같구나.

필례　……. (살판쇠에게 눈을 흘기며 만적의 곁을 떠난다)

저승패　(살판쇠에게) 오늘도 틀린 겐가, 곰뱅인?

살판쇠　이 마을에서 두 물 건너간 것 같네요. 제기랄! 그래 잠이나 잘까 해서….

저승패　참으로 큰일났구만….

살판쇠　산 입에 거미줄 치잖는다고 했으니, 그 말을 믿어 보는 수밖에요.

저승패　(한숨) 이젠 어쩐담….

살판쇠	(만적의 곁으로 다가가서) 만적아?
만적	……. (외면한다)
살판쇠	(만적의 어깨에 손을 얹으며) 많이 아프냐?
만적	……. (어깨를 움직여 살판쇠의 손을 뿌리친다)
살판쇠	(멋쩍은 듯 만적에게서 손을 떼며) 물론, 나를 미워할 줄 안다. 사실 나두 무척 화가 났었다. 내 암동모(여자구실)가 이 숫동모(남자구실)를 버리고 도망칠 줄야… 난 화가 나서 앞이 캄캄했었다. 내가 꼭두어른께 니 학춤 얘기를 한 것도 홧김에 그만…
만적	…….
살판쇠	어쨌든 미안하다. 니가 이렇게 벌을 받은 모습을 보니 이 살판쇠두 가슴이 아프다. 내 암동모가 벌을 받고 있는데 숫동모인 내가 어찌 맘이 편하겠느냐. 조그만 참아라. 내가 꼭두어른께 너를 풀어달라고 사정해 볼 테니….
만적	…….
살판쇠	(외면하고 있는 필례를 잠시 노려보다가) 필례야?
필례	……. (못 들은 척)
살판쇠	(약간 큰 소리로) 필례야?
필례	……. (비로소 고개를 돌려 살판쇠를 빤히 쏘아본다)
살판쇠	(필례를 잠시 노려보다가) 내가 필례 네게, 무슨 말을 하려는지 알겠지?
필례	(퉁명스럽게) 알아요! 또 남사당패의 규칙 운운하시겠죠 뭐. 만적이는 살판쇠의 암동모다. 그러니 만적일 가까이 하지

31

마라. 우리 남사당패에선 자기에게 한번 정해진 암동모는 누구도 빼앗아 갈 수 없다. 비록 남사당패의 우두머리인 꼭두쇠일지라두… 이 말 하려는 것 아닌가요? 내 말이 틀렸나요?

살판쇠   나도 너와 이 문제로 번번이 입씨름하기 싫다. 니 아버지인 꼭두어른께 이러쿵저러쿵하기도 이젠 싫고….

필례   왜요? 또 지난번처럼 우리 아버지께 일러 받치시지? 필례가 자기 암동모인 만적이를 빼앗아 가려고 한다고요.

살판쇠   (벌컥 화를 내며) 필례 넌, 정녕 몰라서 그런 게냐? 우리 남사당패에는 우리 나름대로 생활이 있고 규칙이 있고 질서가 있다는 것을?

필례   (쏘아붙이며) 내가 뭘 어떡했길래요? 내가 남사당패의 질서를 깨뜨렸나요? 내가 살판쇠처럼 만적이랑 밤마다 잠을 잤나요? 아니면 숫동모와 암동모가 잠을 자는 데 훼방을 했나요?

살판쇠   만적이 앞에서 얼쩡거리지 말랬잖아. 얼쩡거리지!

필례   절더러 남사당을 떠나란 말인가요? (사이) 만적인 한솥밥을 먹고사는 한 식구예요. 눈만 뜨면 보는 한 식군데 어찌 가까이 하잖을 수 있겠어요? 그리고 같은 식구가 아프면 보살펴 주는 게 식구간의 도리 아닌가요? 자기 암동모를 고자질해서 죽도록 매 맞게 한 일보다야 몇 천배 옳은 일이죠.

살판쇠   (벌컥 큰소리로) 그건 홧김에 그랬다구 했잖아, 홧김에! 필례 니가 내 맘을 알기나 해? 내가 만적일 얼마나 생각하고 아끼는지 알아? 그런데 만적인 진정한 내 마음을 몰라주고 있단 말야. 그건 필례 니가 만적의 앞을 가로막고 있기 때문이야!

필례 거짓말 마세요. 그토록 생각하고 아끼는 자기 암동모를 팔아 먹으셨나요?

살판쇠 팔, 팔아 먹다니…?

필례 쉬쉬하지만, 나도 알 것은 다 안다구요. 자기 암동모를 마을 머슴들이나 한량들에게 허우제(몸값)를 받고 놀이개 감으로 빌려줬다는 걸. (분해서) 자기 암동모의 몸뚱일 판 돈으로 술을 마시고 고래고래 소릴 지르며 난리를 핀 사람이 누구였죠? 그게 암동모를 생각하고 아끼는 짓인가요? 그게?

살판쇠 밥을 얻어먹으라고 보낸 것이지… 그래도 난 다른 사람들에 비하면… 덧뵈기쇠, 덜미쇠, 잽이, 상쇠 같은 암동모들에 비하면….

필례 (살판쇠의 말을 자르며) 그래도 만적일 아끼는 편이었다, 이 말인가요?

살판쇠 (정당시하려는 듯 큰 소리로) 그래! 굶어 죽을 순 없는 게 아니겠어! 굶어죽을 순!

필례 돌아가신 어름산이 어른께선 비록 풀뿌리를 먹을망정 그런 비굴한 짓은 하잖으셨어요. 만적이가 그런 몹쓸 똥찬설에게서 도망쳐 나와 논두렁에 앉아 얼마나 울었는지 알

33

기나 아세요? 비록 굶어죽을 망정 그런 몹쓸 짓을 하지 못
할 사람이 만적이란 걸 왜 몰라요. 숫동모란 사람이!

저승패 (듣다못해 큰 소리로) 그만들 해라! 그만들 해!

살판쇠와 필례는 저승패의 고함소리에 압도당한 듯 감정을 억누
른다.

저승패 (울분 섞인 어조로) 듣기 거북한 얘기는 서로가 삼가야지! 우
리가 아무리 걸립패이지만 덮어둘 것은 덮고 살아야 사람
이지! 우리네 심장을 후비고 후벼봐야 검은 피밖에 더 나
오겠어, 검은 피밖에! (살판쇠와 필례, 시무룩해진다) 살판쇠,
들어가 잠이나 자게, 어서!

살판쇠 (투덜거리듯) 원 창피해서⋯ (나가다 말고 필례 앞에 서며) 필례,
너 명심해! (나간다)

필례 (밖으로 나가는 살판쇠의 뒷통수에 대고 코웃음을 친다. 혼잣말처럼)
흥! 아긴다구? 두고 보라지. 내가 만적일 빼앗길 것 같은
가, 이젠 내가 만적일 지킬 거라구!

잠시 침묵.
만적은 멍하니 먼 하늘만 바라보고 있다. 마치 넋 나간 사람처
럼⋯.

저승패 (체념하듯이) 이게 다 우리 남사당패의 설움이다.

잠시 침묵.

어느 듯 하늘은 서서히 주홍빛으로 변해가고 있다. 여사당의 한탄
가 소리가 들려온다. 술에 취한 소리다.

여사당   (소리만) 한산 세모시로 옷고름 곱게 잡아 입고 청학동으로
           사당질 가세

필례   여사당이 와요.

저승패   쯧쯧… 오늘도 술독에 빠진 소리군!

여사당   (노래를 부르며, 비틀거리며 들어온다)이 내 손은 문고린가이놈
           도 잡고 저놈도 잡네이 내 입술은 술잔인가이놈도 빨고
           저놈도 빠네

저승패   (큰 소리로) 이 철딱서니 없는 사람아!

여사당   ……. (의아해서 동작을 멈춘다)

저승패   아니, 죽느냐 사느냐 한 이 판국에 웬 술타령이야!

여사당   술이요? 술? (쓴웃음을 짓는다) 목구멍이 포도청이라… 허우
           채(몸값)로 막걸리 두어 잔 얻어먹었지요, 뭐. (다시 쓴웃음)
           내 몸값이 고작 막걸리 두어 잔이라니… (어이가 없다는 듯
           웃는다)

저승패   쯧쯧… 애들 앞에서 그게 할 소리야?

여사당   애들요? (손가락으로 필례와 만적을 가르키며) 이 애들두 다 컸
           다구요. 서로 사랑도 할 줄 아는데요, 뭐.

저승패   헛소리 말고 어서 가 잠이나 자. 오늘도 놀이판은 틀린 것
           같네.

여사당   알, 알고 있어요. 똥, 똥찬설이 곰뱅일 터 주잖는다구 쌍것
          들이 투덜투덜거리며 야단이드군요. (다시 쓴 웃음을) 요즘
          은 팔자 좋은 안방마님 신세라….

저승패   배가 불러야 팔자 좋은 마님이지!

여사당   허긴 그렇죠. 몸배끈 졸라매고 안방에 앉아 봤자… 배불
          리 먹고 남사당패놀이 한 것만큼은 못할 테죠. 헌데, 똥
          찬설이 곰뱅일 터줘야 먹을 곡식이 생기죠. 굶기를 똥찬
          설 밥 먹듯 하며 지내봤자, 날이 갈수록 몸배끈만 짧아지
          구… 염병할 세상! 어디로 훨훨… 도망이라두 갔으면….

저승패   어디 가면 누가 거저 먹여 살려준담?

여사당   제기랄! 먹여줄 사람 없으면, 이 몸뚱아리라두 팔지요, 뭐.

저승패   쯧쯧… 그게 말이라고 피새집(입)을 놀리는 게야?

여사당   (아랑곳없이) 이 몸뚱이, 아직도 살덩이 팽팽한데, 쪼개 팔면
          목구멍 풀칠 하나 못 할라구요.

저승패   (쏘아붙이며) 아, 썩 들어가 잠이나 자래두!

여사당   가죠, 가서 두 다리 쭉 뻗고… (비틀거리며 나가다가 비로소 만
          적을 본 듯 걸음을 멈춘다. 잠시 만적을 바라본다. 만적에게로 다가가
          만적의 얼굴을 어루만지며) 오호, 가엾어라… 학 한 마리가 밧
          줄에 꽁꽁 묶여 있네… 가엾어라… 가엾어라… (밧줄을 풀
          며) 하늘이… 하늘이 저리도 넓고 푸른데… 오호, 가엾어
          라…. (하며 밧줄을 풀어준다)

저승패   (밧줄을 풀고 있는 여사당을 보자 놀라며) 아니 여사당! 뭘 해!

여사당   (아랑곳없이 밧줄을 풀며) 나, 날아가게 해줘요… 날아가게….

저승패   (허겁지겁 뛰어가 여사당을 밀치며) 미쳤나! 미쳤어!

여사당   (저승패를 뿌리치며) 날아라… 날아라… 하늘 높이 훨훨….

저승패   (필사적으로 밧줄을 풀지 못하도록 하며) 안 돼! 안 돼!

저승패와 여사당, 서로 실랑이를 한다. 마침내 여사당이 뿌리치는
바람에 저승패가 저만치 쓰러진다.

저승패   (다시 기어가며) 안 돼! 꼭두쇠가 알면….

필례   (저승패 앞을 막으려) 그냥 놔두세요. 아버지께 말씀하세요.
제가 풀었다고….

저승패   (이러지도 저러지도 못하고 주저앉는다) 아이고… 난 모른다…
난 몰라….

필례   별일 없을 테니, 걱정 마세요.

여사당   (아랑곳없이 밧줄을 다 풀어준 다음) 자, 됐다. 일어나라… 일어
나 (만적을 일으킨다. 만적 비틀거린다. 겨우 중심을 잡고 선다) 자,
날개를 펴라. 날개를 펴… (여사당, 양팔을 날개마냥 편다) 어
서 날개를 펴래두, 날개를. 어서… (만적, 양팔을 날개마냥 편
다) 날개를 저어라, 날개를 저어라… 하늘로 날자꾸나. 하
늘로 훨훨… (여사당, 날갯짓을 하듯 양팔을 흔든다. 만적이도 날갯
짓을 한다. 팔이 아픈 듯 이마를 찌푸린다. 그래도 참으며 양팔을 흔든
다) 날개를 저어라, 날개를 저… 더 힘껏! 더! 드높은 하늘
이다. 넓은 하늘이다… 푸른 하늘이다. 하늘로 가자꾸나…
날개를 저어라… 더! 더 힘껏! (만적, 팔이 아픈 듯 날갯짓을 멈

37

춘다. 여사당, 날갯짓을 멈추는 만적에게 갑자기 미친 사람마냥 부르
짖는다) 날개를 저으래두! 더! 날개를 저으란 말야! 날개를
겨! 날개를! (사이) (여사당, 갑자기 실성한 사람처럼 웃는다. 그녀의
눈에는 눈물이 고인다. 웃음이 흐느낌으로 변한다. 서럽게 흐느낀다)

긴 침묵.

여사당 (이윽고 체념하듯이) 그래… 너와 난…. 우린 날개가 없어…
하늘이 저리도 넓고 푸른데… 우린 날개가 없는 게야…
어차피 우린 남사당패야. 넌 줄타기꾼 어름산이구… 난
여사당… 그게 다야… 어제도 사당질… 오늘도 사당
질…. (서서히 한탄가 가락으로 변한다) 한산 세모시로 / 옷고
름을 곱게 잡아 입고 / 청학동으로 사당질 가세이 내 손
은 문고린가 / 이놈도 잡고 저놈도 잡네 / 이 내 입술은
술잔인가 / 이놈도 빨고 저놈도 빠네(여사당 한탄가를 부르
며 밖으로 나간다. 밖에서 노랫소리만 들린다.)이 내 배는 나룻밴
가 / 이놈도 타고 저놈도 타네 / 에헤헤 헤이야아 / 어
헤이 여루에로구나

여사당의 한탄가 소리 점점 멀어진다.

긴 침묵.

저승패, 필례, 만적 모두 넋 나간 사람마냥 멍하니 있다.

만적, 양팔을 들어 날갯짓을 해본다. 팔이 아프다. 고통스럽다. 얼굴을 찌푸린다. 그래도 억지로 날갯짓을 한다. 날개 짓을 여러 번 반복한다. 날갯짓 점점 빨라진다.

서서히 암전.

넷째 마당

전 마당과 같은 들판.

다음날, 석양. 하늘에 깔린 황혼 빛이 아름답다. 어디선가 새소리가 들려오고….

저승패는 한쪽에서 꾸벅꾸벅 졸고 있고, 그의 손에는 밧줄의 끝을 쥐고 있다. 그 긴 밧줄의 다른 끝은 만적의 발목에 묶여 있다.

만적, 양팔을 펴고 날갯짓을 하고 있다. 필례, 그 옆에서 만적을 도와주고 있다.

필례   좀 어때?

만적   ……. (날갯짓만)

필례   괜찮아?

만적   ……. (날갯짓만)

필례   좀 더 빨리 해봐?

만적   ……. (약간 빠르게 날갯짓을)

필례   좀 더.

만적   ……. (약간 더 빠르게 날갯짓을 한다. 이윽고 팔이 아픈 듯 이마를 찌푸린다. 날갯짓을 멈춘다)

필례	아파?
만적	……. (고개만 끄덕끄덕, 어깨를 만진다)
필례	많이 아파? (만적의 팔을 주무른다)
만적	……. (아픈 듯 신음)
필례	(주무르며) 참아, 이렇게 해서 풀어줘야 돼.
만적	……. (고통스럽지만 억지로 참는다)

잠시 침묵.

필례	학이 나보다 좋아?
만적	……. (다시 날갯짓을 한다)
필례	그토록 학이 되고 싶어?
만적	……. (날갯짓만)
필례	진짜 천년을 사는 거야, 학은?
만적	……. (날갯짓하며 고개만 끄덕)
필례	진짜로?
만적	……. (날갯짓하며 고개만 끄덕끄덕)
필례	거짓말!
만적	……. (의아해서 날갯짓을 멈춘다)
필례	(토라져서) 흥! 내가 니 속셈을 모를 줄 알고? 난 다 안다구!
만적	무얼?
필례	내가 싫어서 도망치려는 수작이란 걸?
만적	아, 아니여, 아니여!

필례	그럼, 날 좋아해?
만적	그럼!
필례	얼마만큼?
만적	하, 하늘만큼.
필례	정말?
만적	그래!
필례	그런데 왜 혼자서만 도망쳤어?
만적	꼭두어른이 니 아버지잖아. 너까지 고생시키고 싶은 마음은 없어.
필례	난 아버지보다 니가 더 좋은 걸… 어떤 고생을 할지언정 너와 함께라면….
만적	난 니가 고생하는 걸 원하지 않아.
필례	그 말 진심이야?
만적	진심이야.
필례	(사랑스러운 듯 만적의 뺨에 입맞춤을 한다) 나도 알아. 니 진실된 마음을….
만적	나도 알아 니 맘을….
필례	이젠 학춤을 추지 마, 다신. (만적을 안는다) 니가 진짜 학이 되어 하늘로 날아가 버리면, 난 어떡해. 난 널… 하늘과 땅을 합친 것만큼이나 좋아한단 말야.
만적	알고 있어.
필례	그저께 밤, 니가 채찍을 맞을 때 내가 얼마나 울었는지 알아?

만적 알아.

필례 제발 이젠 다 버려. 학춤이며, 학이며, 어디로 가겠단 맘까지두, 삶이 어렵더라도 우린 함께 사는 거야. 난 니가 없으면 못살 것 같아. 내 마음을 믿어줘, 응?

만적 그래.

필례 어른산이 어른께선 네게 거짓말을 한 게야.

만적 그 어른은 거짓말을 안 해. 지금껏 단 한 번도 그런 적이 없었어.

필례 학이 사람이 되었다는 말은 들어봤지만, 사람이 학이 됐다는 말은 못 들어 봤어.

만적 아니야, 사람도 학이 될 수 있다고 하셨어. 정성껏… 매일 새벽녘마다 깨끗한 마음으로 학춤을 추면… 살아서 뭇되면 죽어시라도… 학이 되면….

필례 넌 어름산이 어른한테 완전히 홀린 사람 같아.

만적 난… 고통스럽게 사는 이 땅보다 넓고 푸른 하늘을 훨훨 날며 살고 싶어.

필례 너 혼자서? 그럼 난 어떡하고?

만적 너도 학이 되면 되잖아.

필례 나도 학이?

만적 그래

필례 언젠가 니가 학춤을 배우라고 권유했을 때도 거절한 난데….

잠시 침묵.

만적	필례야?
필례	응?
만적	지금이라도 너 학춤을 배우지 않을래?
필례	학, 학춤을?
만적	그랬으면 얼마나 좋을까 하고 오래 전부터 여러 번 생각했었어. 니가 학춤을 배우지 않겠다고 거절할 때 난 얼마나 서운했는지 몰라. (어떤 생각 속으로 빠져들며) 그러자. 너도 학춤을 배워. 그러면 우리 둘이 언젠가는 학이 되어, 다정하게 춤을 추듯 하늘을 맘껏 훨훨 날아, 청학과 백학이 무리를 지어 춤을 추는 청학동으로 가… 그곳에 그림 같은 집을 짓고, 붉게 익은 열매를 따먹으며, 사슴들과 숨바꼭질하고, 꽃잎을 덮고 오순도순 사랑을 속삭이며… 천년을 살자꾸나.
필례	(분위기를 털어버리듯) 하지만 난, 춤엔 소질이 없다고 했잖아.
만적	학춤은 마음으로 추는 거야.
필례	마음으로?
만적	어름산이께선 늘 말씀하셨어. 학춤은 마음으로 춰야 한다고.
필례	마음으로 어떻게 춤을 춰?
만적	삼정도(三正道)를 지키란 뜻이야.
필례	삼정도…? …그게 뭔데?

만적	정심(正心), 정결(正潔), 정행(正行)….
필례	그게 무슨 말이야?
만적	정심은 마음을 바르게, 정결은 마음을 깨끗하게, 정행은 행실을 바르게, 바로 이런 뜻이야. 학이 되려면 먼저 사람 다운 사람이 되어야 해. 그러지 못하면 학춤을 천만 번을 춘들 학이 될 수 없다고 하셨어.
필례	사람다운 사람…?
만적	학 같은 사람.
필례	학 같은 사람?
만적	학같이 깨끗하고… 고고하고… 고귀한 사람….
필례	그럼, 난 틀린 거네… 학이 되긴….
만적	왜?
필례	난, 맘이 바르지도,… 깨끗하지도,… 행실 또한 그렇고 그 런 계집애니까.
만적	아니야. 니 맘은 비단결마냥 고와. 샘물처럼 맑고 깨끗해. 행실은 어느 규수보다 바르고….
필례	(좋아하며) 정말?
만적	(미소를 지으며) 그래.
필례	그럼, 나도 학춤을 배우면 학이 될 수 있겠네?
만적	그럼, 되고말고!
필례	아하! 좋아라! 니가 날 그리 생각해 준다니… (기뻐서 만적을 포옹한다. 만적의 뺨에 입맞춤을 한다) 좋아! 나도 학춤을 배울 테야! 나도 너와 함께라면 천년을 함께 살고 싶어!

만적	(기뻐하며) 정, 정말?
필례	(밝게 미소를 짓는다. 고개를 끄덕이며) 으응.
만적	좋았어! (필례를 힘껏 포옹한다. 필례의 뺨에 입맞춤을 한다. 필례도 만적을 힘껏 포옹한다. 얼마 후 필례의 손을 잡고 무대 중앙으로 끌고 간다) 이리와 (만적, 발목에 묶인 밧줄이 거추장스럽다. 밧줄을 본다)
필례	밧줄을 풀어버려. (만적의 발목에 묶인 밧줄을 풀어 내동댕이친다) 됐어! (사이) 처음에 어떻게 하는 거야?
만적	무릎을 꿇어. (무릎을 꿇는다)
만적	눈을 감아. (눈을 감는다)
필례	……. (눈을 감는다)
만적	마음을 비워.
필례	…….
만적	두 손을 합장하여 가슴 위에 얹고….
필례	……. (두 손을 합장하여 가슴 위에 얹는다)
만적	마음속으로 삼정도를 새겨. 정심… 정결… 정행….
필례	…….
만적	(기원하며) 학춤은 언제나 신성시해야 돼. 내 혼처럼… 성스럽게… 학춤은 바로 내 혼과 같은 거야. 아니 내 혼이야. 학춤을 더럽히면 그건 혼을 더럽힌 거야. 더러운 혼을 지닌 사람은 결코 학이 될 수 없어. 더러운 혼을 지닌 사람은 학 같은 사람이 될 수 없으니까.

긴 침묵.

어디선가 새소리가 들려온다. 저승패, 여전히 꾸벅꾸벅 졸고 있다.

만적   (이윽고) 눈을 뜨고… 서서히 일어나 .(일어선다)

필례   ……. (일어선다)

만적   양팔을 벌려… 날개를 펴듯… 이렇게….

필례   ……. (만적을 따라 양팔을 편다)

만적   한 발을 굽혀 딛고, 다른 한 발은 뒤로 뻗어… 몸을 앞으로 숙이고, 목을 길게 빼… 그리고 기다란 목을 주억거리듯, 주억거리며… 날개를 퍼득이듯 양팔을 흔들어, 이렇게….

필례   (지금껏 간신히 잡고 있던 중심이 흐트러지며 쓰러진다) 아이구… 어렵다야!

만적   (빙그레 웃으며) 바보. (사이) 내가 출 테니 잘 봐.

필례   ……. (고개만 끄덕)

만적 학춤을 춘다. 나는 듯 가벼운 발 디딤새….

나래를 펴듯 큼직한 팔 놀림새, 몸을 굽히고 고개를 쳐 올리며, 한 다리를 들어 올리는 모습, 풀쩍 뛰어 날 듯이 한 발 딛고 학춤을 춘다.

아름답게 학춤을 춘다. 신비롭게 학춤을 춘다.

여기에 신비로운 노래 소리….

노래   학아 학아 천년 사는 학아. 어찌하며 너 따라 하늘로 가랴 마음이 너마냥 희지 못하느냐몸이 너마냥 희지 못하느냐

정성이 네 목보다 높지 못하느냐하늘 그리움이 네 다리마 냥 길지 못하느냐오늘도 너 되고 싶어 네 춤을 추노라(노래 가 끝난다. 만적, 학춤도 끝낸다)

필례 (감탄하며) 야아! 진짜 학이 춤을 추는 것 같다야!

저승패 (얼마 전에 잠에서 깨어나 만적이가 춤추는 광경을 바라보고 있다가, 조용히) 이놈아, 학춤은 금지된 춤이야. (만적, 필례 놀라 저승패 를 본다) 꼭두어른께 들키면 니놈 팔이 성할 것 같으냐? (사 이) 어서 밧줄을 묶어라.

만적 ……. (발목에 밧줄의 끈을 묶는다)

이때 갑자기 농악소리가 들려온다.
농악소리 점점 가까이 들려온다.

저승패 (의아해서) 이게 무슨 소리냐?

필례 (기뻐하며) 공뱅일 텄나 봐요!

저승패 (역시 기뻐하며) 그런가 보다!

잠시 후, 무동 ①, ②, ③이 꽹과리, 징, 장고를 치며 들어온다.
무동들은 춤을 추며 외친다 : "곰뱅일 텄다!, 곰뱅일 텄다!"
무동들, 정신없이 무대를 한바퀴 돌고는 들어온 반대쪽으로 나간다.
농악소리와 "곰뱅일 텄다"는 소리, 점점 멀어진다.

저승패 (기뻐하며) 이젠 살았구나… 이 얼마만에 튼 곰뱅이냐….

필례	(역시 기뻐하며) 그러게 말예요. (만적의 손을 잡으며) 참으로 다행이다⋯.
만적	(미소를 보이며) 그래, 다행이야.

좌측에서 뜬쇠, 살판쇠, 덧뵈기쇠 들어온다.

저승패	(들어오는 사람들에게) 고생들 했네. 이젠 살았네, 살았어⋯.
덧뵈기	만적이가 우릴 살렸습니다.
저승패	(어리둥절해서) 만적이가⋯?
살판쇠	암요! 내 암동모 만적이가 우릴 살린 거구 말구요!
뜬쇠	(만적의 어깨를 토닥거리며) 만적아, 이젠 맘 놓고 학춤을 춰도 좋다. 꼭두어른께서두 허락하셨어.
필례	(기뻐하며) 정말로요?
뜬쇠	(웃으며) 암! 정말이구 말구!
살판쇠	암! 정말이지!
필례	(만적에게) 만적아, 잘 됐다.
만적	(멋쩍은 듯 미소를 지으며) 그래
저승패	도대체 무슨 말인가? 만적이가 우릴 살렸다니?
뜬쇠	아침부터 해가 저물어 가는 지금껏 꼭두어른, 곰뱅이쇠, 덜미쇠, 살판쇠, 덧뵈기쇠, 여사당 할 것 없이⋯.
살판쇠	(뜬쇠의 말을 자르며) 우리 모두 손이 발이 되도록 빌며, 똥찬설에게 애원을 했습죠. 곰뱅일 좀 터주십사하고요!
저승패	그랬드니, 곰뱅일 터주든가?

뜬쇠	웬걸요!
덧뵈기	바늘로 찔러도 피 한 방울 안 날 똥찬설인걸요.
저승패	그런데 어떻게 곰뱅일 터?
살판쇠	아, 내 암동모 만적이 땜에 곰뱅일 텄다니까요!
뜬쇠	여사당이 만적이 얘길 꺼냈죠.
저승패	만적이 얘길…?
뜬쇠	(여사당을 흉내내며) 진사어른! 대궐 나랏님께서 즐겨 보시는 학춤을 보신 적이 있사옵니까, 하고요.

만적, 의아해진다.

살판쇠	그랬드니, 똥찬설이가 토끼마냥 귀를 번쩍 세우기에….
뜬쇠	(역시 여사당을 흉내내며) 마침, 우리 남사당패에 그런 진귀한 학춤을 전수받은 자가 있사옵니다.
덧뵈기	했드니, 똥찬설이가… (진사를 흉내내며) 네놈들 같은 걸립패에 그런 진귀한 춤을 출줄 하는 사람이 있단 말이냐?

만적, 불길한 예감에 사로잡힌 듯 표정이 어두워진다.

뜬쇠	(역시 여사당의 흉내로) 예, 아마, 진사어른께서 보시면, 세상에 이런 진귀한 춤도 다 있었구나 하고 탄복을 금치 못하실 겁니다.
살판쇠	그랬드니, 똥찬설이가 구미가 당기는 듯 눈이 뚱그레지기

에….

뜬쇠   (역시 여사당의 흉내로) 진사어른, 자고로 학은 성스러운 길조로 천년을 사는 새라 했습니다. 또한 그 학춤을 즐겨보시면, 만수무강하시고 자자손손 만복을 누리며 천수를 하신다고 하였습니다. 그런 까닭에 나랏님께서도 학춤을 즐겨보신다고 하옵니다. 했드니….

덧뵈기   (진사 흉내를 내며) 분명, 임금님께서 즐겨보시는 학춤이라 했겠다?

뜬쇠   (여사당의 흉내) 어느 안전이라고 감히 거짓말을 하겠나이까?

덧뵈기   (진사를 흉내내며) 그래? (사이) 좋다! 니놈들 말대로 내가 탄복할 정도로 학춤을 춘담 곰뱅이는 물론이구, 백미 한 가마를 내주겠다.

저승배   (놀라며) 백미 한 가마를?

살판쇠   그뿐인 줄 아십니까. 학춤만 자기 맘에 들면, 다른 마을 똥찬설에게 소갯장두 써 주겠다는 약조도 받았습니다. 곰뱅이 터주고 후한 곡식을 주심사한.

저승패   (기뻐하며) 그래? 이제야 살판났네… 살판났어….

살판쇠   암요! 살판났구 말구요!

저승패   만적이 이놈 춤 솜씨라면, 지 아무리 눈이 높은 똥찬설이래도 홀딱 반하고 말걸, 암! 반하구 말구! 허허….

살판쇠, 덧뵈기쇠도 따라 웃는다.

만적	(갑자기 부르짖듯) 난 못 춥니다! 못 춰요!

모두 의아해진다.

뜬쇠	학, 학춤을 못 추겠다고 했느냐?
만적	(단호하게) 난 못 춥니다!
뜬쇠	(위협적으로) 왜?
만적	(변명하듯) 전… 학, 학춤을 출 줄 모릅니다!
뜬쇠	모른다구? 우리 모두가 니놈 춤 솜씰 다 알고 있는데?
저승패	만적아. 거짓말마라. 아마. 니 학춤을 보면 돌부처두 무릎을 치실 게다.
살판쇠	암요! 그렇구 말구요! 내 암동모 학춤을 보면….
만적	(큰 소리로) 어쨌든 전, 학춤을 출 수 없다구요! 없어요!

모두 의아해 한다. 이때 꼭두쇠, 덜미쇠, 잽이, 여사당 들어온다.

꼭두쇠	(들어오며) 뭣들 하고 있어, 어서 놀이 준빌 하잖구!
뜬쇠	다 틀렸습니다!
꼭두쇠	틀, 틀렸다니?
뜬쇠	만적이 이놈이, 학춤을 못 추겠다는 겁니다.
꼭두쇠	못 춰? (만적을 쏘아보며) 왜?
만적	전 못 춥니다. 전… 학춤을 출줄 모릅니다.
꼭두쇠	이놈아, 다들 이구동성으로 니놈 학춤을 극찬하구 있던데,

학춤을 출줄 모른다구?

만적   어쨌든 전….

꼭두쇠   (만적의 말을 막으며, 강압적으로) 어쨌든 학춤을 춰야 돼! 어떻게 튼 곰뱅인데, 니놈이 깨뜨려 버릴 참이냐? 우리 모두 굶어 죽자는 게야? 앙?

만적   (굽히지 않고 단호히) 어쨌든 전 못 춥니다!

꼭두쇠   (화를 내며) 니놈이 이 꼭두쇨 이기려 드느냐? 이길 것 같으냐? 내 명령을 거역하고도 배겨낼 것 같어?

만적   …….

꼭두쇠   (남사당패들에게) 뭣들 하고 있는 게야! 어서 만적일 끌고 가 준빌 해야지!

저승패, 만적의 발목에 묶인 밧줄을 풀어준다.

뜬쇠   (만적의 팔을 잡아끌며) 가자.

만적   (뿌리치며) 글쎄 전….

꼭두쇠   (큰 소리로) 어떻게 해서라도 학춤을 춰야 돼! 그래야 우리가 산다구!

뜬쇠   (만적의 팔을 잡아끌며) 가자.

살판쇠   (만적의 다른 팔을 잡아끌며) 가!

만적   (끌려가며 부르짖듯) 글쎄 전… 학춤을 출줄 모른데두요! 몰라요! 몰라!

뜬쇠와 살판쇠, 만적의 양팔을 잡고 강제로 끌고 나간다. 다른 남사
당패들도 그 뒤를 따라 나선다. 무대에는 저승패와 필례만 남는다.

긴 침묵.

저승패   참으로, 알 수 없는 일이구나. 저놈이 그토록 즐겨 추든 학
춤인데….
필례   (어떤 생각 속에서) 학춤은 만적의 혼이라구 했어요.

마을 쪽에서 농악소리가 들려온다.
오랫동안 서서히 암전.

다섯째 마당

전 마당과 같은 장소. 들판, 같은 날 밤, 하늘에는 조각달이 걸려 있다. 들판 중앙에 멍석이 깔려있다. 멍석 뒤쪽에는 검은 천으로 만든 꼭두각시(인형극)놀이 용, 포장무대가 설치되어 있다. 그리고 멍석 좌우 양쪽에는 나무기둥, 그 기둥 좌우엔 줄타기를 위한 어름녹 밧줄이 팽팽하게 연결되어 있다. 무대 주위 사방에 꽂힌 횃불(관솔불)이 어둠을 밝히고, '남사당'이라고 쓴 용기가 후면에 서 있다. 남녀노소의 구경꾼들, 웅성거리는 소리가 들린다. 잽이(악사)가 장고를 친다.

덧뵈기쇠(탈꾼), 샌님의 탈을 쓰고 탈놀이를 하고 있다.(샌님은 아무나 대역을 하여도 무방하다)

잽이   (장고를 멈추고) 어서 불러보게!

샌님   (길게) 얘, 뚝아, 뚝아, 말뚝아!

잽이   여보, 샌님! 하인 말뚝이를 부르는 거요, 동네 사람 길 닦으러 나오라는 거요?

샌님   (갸우뚱거리며) 이놈이 이런 데 있을 듯한데… 다시 한번 불러 보겠다! 얘, 뚝아, 뚝아, 말뚝아!

말뚝이 탈을 쓰고 뛰쳐 나온다.(말뚝이는 대역을 해도 무방하다)

말뚝이 말뚝인지 꼴뚝인지 대령했오. (구성지게) 샌님, 샌님, 큰댁 샌님, 작은댁 샌님, 똥골댁 샌님, 샌님을 찾으려고 이리저리 저리이리 다 다녀보아도 못 보겄더니 여기 와서 만나보고 안녕하고 절령하고 무사하고 태평하고 아래위가 **빠**꼼합니다요!

샌님 (어이가 없다) 네 이놈! 양반을 만났으면 절을 하는 게 아니라 멋이 어쩌구 어째!

말뚝이 네, 절이요? 알지요, 압니다. (빠르게) 서울도 일러도 제절, 덕절, 독고사, 마곡사 물건너 봉원사, 합천 해인사, 연주원 염주대, 수원 용주사, 해남 대흥사 이런 절 말씀이오?

샌님 이놈, 누가 그런 절 말이냐?

말뚝이 그럼, 무슨 절 말이오?

샌님 저, 절 모르냐?

말뚝이 나, 절 모르오.

샌님 너 그럼, 절을 배워라!

말뚝이 절도 다 배웁니까?

샌님 그렇지!

말뚝이 (우스꽝스럽게) 그럼, 배웁시다!

샌님 이놈아, 그럼 안 배워?

말뚝이 절 배웁니다!

샌님 이놈, 나 시키는 대로 나 하자는 대로 한 가지도 빼놓지 말고 해라.

말뚝이   그럼, 샌님이 하자는 대로 무엇이든지 빼놓지 말고 해요?
그럼 배웁시다!

샌님   미륵님을 가로 잡아라.

말뚝이   부채를 가로 잡으란 말씀이오.

샌님   옳다! 번쩍 들어라!

말뚝이   번쩍 들어라!

샌님   꾸부려라!

말뚝이   꾸부려라!

샌님   이놈, 꾸부려라!

말뚝이   이놈, 꾸부려라!

샌님   야, 이놈이, 이놈!

말뚝이   야, 이놈이, 이놈!

샌님   야, 이놈이!

말뚝이   야, 이놈이!

샌님   아하, 이놈이, 이놈을 패줄까. (손을 들어 치려고 한다)

말뚝이   아하, 이놈이, 이놈을 패줄까. (손을 들어 치려고 한다)

샌님   허어!

말뚝이   허어!

샌님과 말뚝이가 서로 엉켜 씨름을 한다.

말뚝이에게 끌리는 샌님. 구경꾼들의 폭소 소리.

샌님　(마침내) 이놈, 이놈아 다 배웠다. 다 배웠어!

말뚝이　(샌님을 풀어준다. 땀을 씻으며 능청스럽게) 아이쿠, 절 배우기가 참 힘듭니다!

샌님　이놈, 양반이 시키는 대로 하잖고 쌍놈이 양반 흉내를 내? 아니, 이놈이 나를 메다꼰겨!

말뚝이　아니 원, 샌님이 뭐든지 한 가지도 빼놓지 말고 다 하래서 했고.

샌님　허어, 그렇구나. 내가 미련하구나. 그러면 초판부터 새로 하자. 나는 꾸부려 할 적에 너는 피새집(입)은 벌리지 말고 꾸부려라.

말뚝이　알것소. 알것소.

샌님　번쩍 들어라. 꾸부려라.

샌님, 말뚝이에게 허리를 꾸부렸다 폈다 한다.
구경꾼들의 폭소 소리.

말뚝이　(의젓하게) 어, 모시고 가시고 잘 있었느냐?

샌님　(깜짝 놀라 의관을 고치며) 이놈! 양반에게서 절을 받어? 엉?

말뚝이　양반한테서 절을 받으면 명이 길다 합디다! 어휴! 나 힘들 어서 양반 안 하겠소. 쌍놈하겠소! 쌍놈!

샌님　그러나 저러나 너하구 나하구 여러 해포만에 이렇게 만났 으니, 춤이나 한 상 추고 들어가자.

말뚝이　좋으신 말씀!

잽이 좋지, 좋아!

잽이, 굿거리장단을 친다. 샌님, 말뚝이 춤을 춘다. 서로 신바람이
나서 춤을 춘다. 밖에서 구경꾼들 "얼씨구 좋다!" 하며 흥을 돋우는
소리 요란하다. 얼마 후 밖에서 누군가 외치는 소리가 들려온다.

소리 진사어른 듭신다! 진사어른 듭신다!

소리에 갑자기 물을 끼얹듯 조용해진다.
잽이, 장단을 멈춘다. 샌님, 말뚝이도 춤을 멈추고 총총히 나간다.

소리 학춤을 추랍신다! 어서 학춤을 추어라!

여사당, 성급히 들어온다.

여사당 (허리를 굽혀 인사를 하고 애교있게) 고명하시고, 인자하시고,
자비하시고, 지체 높으신 진사어른 나리… (다시 허리 굽혀
인사를 한다) 진사어른 나리를 모시고 진귀하고 고귀한 학
춤을 보게 됨을 저희 쌍것들은 그지없는 영광, 영광이옵
니다. 이 학춤을 말할 것 같으면, 일찍이 대궐 나랏님께서
즐겨보시는 춤으로써, 마침 그 학춤의 대를 이어받은 수
제자가 우리 남사당패에 있사와, 이렇게 특별한 자리를
마련하였습니다. 쌍것들에게 특별한 자리를 마련해 주신

진사어른 나리께 고마움의 박수를! (여사당, 박수를 친다. 여기
저기서 박수소리 요란하다. 잽이는 박수 대신 장고를 요란하게 친다.
잠시 후 조용해진다) 자 그럼.

여사당, 정중히 인사를 하고 나간다. 잽이, 장고를 친다. 이어서 향
악소리가 스며든다. 잠시 후 만적, 날 듯이 들어선다. 만적은 학의
탈을 입었다. 마치 커다란 학과 같다. 만적, 서서히 학춤을 춘다.
발끝을 사뿐히 들어올리고, 한 발 굽혀 딛고, 한 발은 길게 뒤로
뻗고, 몸을 숙이고, 두 팔을 벌리고, 기다란 목을 주억거리며 나래
를 퍼득이듯 양팔을 흔들며, 학춤을 춘다. 춤동작이 점점 빨라진
다. 얼마 후.

어름산 (환청) 이놈아! 안 된다! 학춤을 팔아선 안 돼! 학춤이 네놈
의 무엇인지 모르느냐!

만적, 소리에 괴로운 몸짓을 한다. 서서히 춤동작이 굳어진다. 마
침내 그 자리에 서서 날갯짓만 한다. 오랫동안 서서히 날갯짓만
한다. 잽이, 재촉하듯 장고를 빠르게 친다. 만적, 날갯짓마저 멈춘
다. 넋 나간 사람 같다. 양팔을 벌린 채 허수아비마냥 서 있다.

여럿이 (밖에서 다급한 소리) 춤을 춰라! 춤을 춰!
진사 (진노한 소리) 집어치워라! 집어쳐! 그게 학춤이냐! 우리 집
닭두 날갯짓은 할 줄 안다! 이런 괘씸한 놈들! 여봐라! 이

남사당패 놈들을 마을에서 당장 쫓아내라!

여럿이 (밖에서 애원하는 소리) 진사어른… 진사어른….

진사 (밖에서 소리만) 비켜라, 이놈들! 죽일 놈들!

여럿이 (역시 밖에서 애원하는 소리) 진사어른… 진사어른….

밖이 조용해진다. 긴 침묵.

만적, 여전히 넋 나간 표정으로 허수아비마냥 양팔을 벌리고 서 있다.

이윽고 서서히 날갯짓을 시작한다. 느릿느릿 날갯짓만 —

서서히 암전.

여섯째 마당

다섯째 마당과 같은 들판. 같은 날 밤. 깊은 밤이다. 하늘 끝에 조
각달이 걸려 있다. 어둠을 밝히고 있는 횃불(관솔불)은 금방이라도
꺼질 듯 깜박거리고 있다. 마을 쪽에서 개 짖는 소리가 들려온다.
만적, 어름녹 밧줄(줄타기 줄)에 양팔이 매달려 있다. 남사당패들
은 살기에 찬 눈으로 만적을 쏘아보고 있다. 꼭두쇠, 만적에게 채
찍질을 하고 있다. 만적, 채찍을 맞을 때마다 고통스러운 듯 신음
소리를 낸다. 필례만은 안타까워서 안절부절못하고 있다.

꼭두쇠 (채찍질하며) 이놈아! 우린 굶어 죽을 순 없다!

만적 ……. (신음)

꼭두쇠 (채찍질하며) 어떻게 튼 곰뱅인데, 네놈이 망쳐 놔! 네놈이!

만적 ……. (신음만)

여사당 (꼭두쇠의 채찍질을 막으며) 그만하세요.

꼭두쇠 (채찍질을 멈추며) 죽일 놈 같으니라구! 니놈이 다 된 죽에 코
를 빠뜨려?

여사당 (만적의 얼굴을 어루만지며) 만적아, 니가 채찍을 맞으면 내 가
슴도 아프단다. 난 널 사랑한다. 우리 함께 살자꾸나. 제발

학춤을 춰 다오. 우리 모두 진사어른한테 울며불며 애원해서 다시 한번 기회를 얻었단다. 니가 굶어서 기력이 없어 병이 났다고 했다. 만적아, 마지막 기회야. 니가 맘 먹고 학춤만 춰준담. 곰뱅이에 백이킬(쌀밥)이 생겨. 난 니 춤 솜씰 잘 알고 있다. 넌 우리 모두를 살릴 수 있어. 만적아, 제발 이렇게 애원하마… 응…?

만적   (괴로워하며) 글쎄, 난… 난….

모두   (압박하듯 성난 목소리로) 학춤을 춰라! 학춤을 춰!

만적   (괴로워하며 모두에게) 왜들 이러세요! 왜!

모두   (역시 성난 사람들처럼) 학춤을 춰라! 우린 배가 고프다! 우린 살아야 한다!

만적   (역시 괴로워하며) 제발… 제발… 전… 학춤을 출 수 없대두요!

모두   (여전히) 우린 배가 고프다! 학춤을 춰라!

필례   (이윽고 폭발하듯) 그만들 하세요! 그만!

모두   (점점 이성을 잃어가며) 학춤을 춰라! 우린 배가 고프다!

필례   (부르짖듯) 왜들 이러시는 거예요! 왜들! 언젠 학춤을 추면 팔을 분질러 놓겠다드니, 이제 와선 학춤을 추잖는다고 채찍질하고, 마치 성난 이리떼마냥 금방 어떻게 할 것처럼 위협을 하고 있으니….

모두   (아랑곳없이) 학춤을 춰라! 학춤을 춰라! 우린 배가 고프다!

필례   우리 남사당패가 언제 학춤을 춰 곰뱅일 트고 곡식을 얻었습니까?

모두	(역시 아랑곳없이) 우린 배가 고프다! 학춤을 춰라! 우린 살아야 한다!
필례	저도 살고 싶어요! 저도 배가 고파요! 만적이도 배가 고프고요. 만적이도 살고 싶어해요. 하지만, 만적이에겐 학춤을 추지 못할 사정이 있다구요!
꼭두쇠	(쏘아붙이며) 사정은 무슨 놈에 사정이냐! 목구멍에 풀칠하는 것보다 더 급한 사정도 있다드냐?
필례	……. (어안이 벙벙하여 말문이 막힌다)
모두	(성남 이리떼처럼 부르짖는다) 우린 배가 고프다! 우린 살아야 한다! 학춤을 춰라!
만적	(더 견디다 못하듯 발악하며) 난 못 춘다고요! 못 춰요! 못 춰!
꼭두쇠	끝내 못 춰? (계속 채찍질하며) 이래두! 이래두! 이래두!
만적	(고통을 이겨내려고 몸부림을 치며) 죽… 죽어도….
꼭두쇠	(채찍질을 계속하며 큰 소리로) 네놈이 날 이겨낼 것 같으냐! 난 꼭두쇠다! 우리 남사당패를 먹여 살려야 할 의무가 있는 꼭두쇠야!
필례	(채찍질을 당하고 있는 만적을 안타깝게 지켜보고 있다가 절규하듯) 그만! 그만!… 그만! 제발! (흐느낀다)

모두 필례의 절규에 의아해진다. 꼭두쇠도 채찍질을 멈춘다. 이때 잽이가 무동 ①, ②, ③의 멱살을 잡아끌고 들어온다. 이어 무동 ①, ②, ③을 땅바닥에 내동댕이친다. 무동들 바닥에 쓰러지며 엎드려 운다.

꼭두쇠　(잽이에게) 뭐냐?

잽이　이놈들이 도둑질을 했습니다.

꼭두쇠　도둑질을 해?

잽이　저녁끼니 고구마를 몽땅….

꼭두쇠　뭐라고?

무동들　(무릎을 꿇으며 빈다) 꼭두어른… 꼭두어른….

꼭두쇠　(무동 ①, ②, ③을 번갈아가며 채찍질을 하며) 도둑질을 해! 도둑질을! 도둑질을!

무동들　(비명을 지르며) 꼭두어른… 꼭두어른….

꼭두쇠　(계속 채찍질을 하며) 네놈들만 배가 고픈 게야! 네놈들만!

무동들　(비명을 지른다. 빌며) 꼭두어른… 꼭두어른….

꼭두쇠　(여전히 채찍질을 하며) 도둑질하는 죄가 어떤 벌을 받는지 네놈들은 모르느냐?

무동들　(비명을 지르며, 꼭두쇠의 채찍을 피해서 여기저기로 기어다니다가 얼결에 만적에게로 간다. 만적의 두 다리를 움켜잡고 울며) 형! 만적이 형… 만적이 형….

만적　……. (괴롭다)

무동들　(울며 애원한다) 만적이 형… 만적이 형….

꼭두쇠　좋다! 만적이 니놈이 학춤만 춰준다면, 무동들의 죄를 용서해 주겠다.

무동들　(여전히 해원하듯) 만적이 형… 만적이 형….

만적　(괴로워하며) 어쩌란 거야… 어쩌란 거야 날더러 어쩌라고….

모두　　　(여전히) 학춤을 춰라! 우린 배가 고프다! 우린 살아야 한다!

무동들　　(여전히) 형… 만적이 형… 만적이 형….

만적　　　(괴로운 듯 고개를 좌우로 흔들며) 제발… 제발….

꼭두쇠　　어찌하겠느냐?

만적　　　……. (괴로워한다)

꼭두쇠　　학춤을 주겠느냐?

만적　　　……. (괴로워하고만 있다)

꼭두쇠　　대답을 해라! 어찌하겠느냐? 학춤을 추겠느냐?

만적　　　……. (고개만 끄덕끄덕)

꼭두쇠　　학춤을 추겠단 말이냐?

만적　　　……. (고개만 끄덕끄덕)

필례　　　(의아해서) 만적아! 그건….

만적　　　(괴로움을 삼키며) 괜, 괜찮아….

꼭두쇠　　진작 그리 나올 것이지…. (큰 소리로) 만적이가 학춤을 추
　　　　　　겠댄다. 학춤을!

모두　　　(기뻐하며) 우리 살았다! 우린 살았어! 만적이가 학춤을
　　　　　　춘대!

만적　　　(허탈감 속에서 하늘을 바라보며) 어름산이 어른….

서서히 암전.

66

일곱째 마당

여섯째 마을과 다른 마을. 산과 들, 초가들의 위치가 전 마을과 다르다. 무대는 역시 마을 앞 들판. 낮. 무대 중앙에 멍석이 깔려 있고, 멍석 좌우 기둥에는 어름녹 밧줄(줄타기줄)이 팽팽하게 연결되어 있다. 그리고 멍석 바로 뒤에는 검은 천으로 만든 꼭두각시(인형놀이)포장무대가 설치되어 있다. 살판쇠, 덧뵈기쇠, 덜미쇠, 잽이가 제각기 놀이연습을 하고 있다. 잽이는 장고로 굿거리 장단을 치고, 덧뵈기쇠는 장단에 맞추어 말뚝이 탈을 쓰고 말뚝이 춤을 추고 있다. 그리고 살판쇠는 열심히 땅재주를 펴고 있다. 앞곤두, 뒷곤두, 번개곤두 등. 덜미쇠는 꼭두각시(인형놀이) 무대에서 인형을 이용하여 상여놀이를 하고 있다.

얼마 후.

살판쇠 (땅재주놀이를 멈추며) 아이구! (팔등으로 땀을 닦으며) 좀, 쉬었다 하자구! (땅바닥에 털썩 주저앉는다)

잽이 쉬…. (장단을 멈춘다)

덧뵈기 (탈춤을 멈추며) 아이구, 힘들어! (얼굴에 쓴 탈을 벗는다)

잽이	굳은 몸을 풀려면 한참 걸릴 걸세.
덜미쇠	(여전히 인형으로 상여놀이를 하며) 힘들드래도 매일 곰뱅일 텄음 좋겠네.
덧뵈기	아마, 그렇게 될 걸세. 여기서도 똥찬설한테 소개장만 받으면, 다른 마을에서도 곰뱅이쯤이야…
살판쇠	그게 다 내 암동모 덕택이란 걸 알아야 한다구!
덧뵈기	홍! 언젠 고양이가 쥐 잡듯이 하드니만… 이제 와선 내 암동모라?
덜미쇠	(여전히 상여놀이를 하며) 그러게 사람처럼 간사한 게 없다잖아.
살판쇠	어라! 백이킬(쌀밥)로 배 채워 주니간 염병할 소릴 허는구먼!
덧뵈기	그런가? 헛허….

모두 따라 웃는다.

잽이	만적이 그놈, 참으로 기가 막히게 학춤을 추드그만, 마치 진짜 학이 춤을 추는 것 같잖든가?
덧뵈기	그러게 노랭이 똥찬설이 백미 한 가마를 선뜻 내놓을 때야….
살판쇠	백미뿐인가? 소개장두 써 주었기에, 이 마을에서두 식은 죽 먹듯 곰뱅일 텄재.
잽이	아마, 오늘 밤 이 마을 똥찬설두 만적의 학춤을 보면….
살판쇠	(잽이의 말을 막으며) 백미 한 가마니에 소개장쯤야, 따놓은

밥상이지!

덜미쇠 이젠 우리 남사당에 만적이가 보배야, 보배!

살판쇠 암! 내 암동모가 보배구 말구!

덧뵈기 제기랄! 나도 당장 내 삐리(암동모)에게 학춤을 가르칠테다!

살판쇠 여보게, 덧뵈기쇠? 학춤이 어디 백이컬(쌀밥) 먹듯 쉽다 든가?

덧뵈기 누군 뱃속에서 배웠나?

살판쇠 그래두 내 암동모는, 어릴 적부터 평생을 하루같이 배운 학춤이라네.

덧뵈기 우라질! 말끝마다 내 암동모야?

살판쇠 왜? 비위가 상한가? 허허….

잽이 허허… 그러단 싸우겠네들… 허허….

모두 웃는다.

덜미쇠 (여전히 상여놀이를 하며) 그런데 말여, 왜 그토록 거절을 했을까? 내가 그 정도로 학춤을 출 수 있다면, 사방팔방 자랑하며 춤을 추었을 걸세. 그런데 그토록 매를 맞어 가면서도 거절한 이유가…?

잽이 나도 그게 궁금하네.

덧뵈기 숫동모인 살판쉰 알고 있는가?

살판쇠 나도 모르네.

덧뵈기 숫동모가 암동모의 맘도 모른가?

살판쇠 속말은 통 안하는 놈이라….

덜미쇠 (상여놀이를 하며) 만적이 맘속엔 필례뿐일 거야.

살판쇠 서운한 소리, 작작하게!

덧뵈기 살판쇠 자넨, 필례에게 암동모를 뺏긴 거야.

살판쇠 (벌컥 화를 내며) 내가 그리 쉽게 뺏길 것 같은가?

덧뵈기 큰소리치지 마, 필렌 여자야.

살판쇠 (큰 소리로) 여자구 남자구 만적인 내 암동모야! 난 만적이 숫동모구! 이건 어느 누구도 바꿀 수 없는 우리 남사당패의 규칙이야!

덧뵈기 허허… 그러게 잘 간수하란 말일세.

살판쇠 젠장!

덜미쇠 자, 그럼, 다시 연습이나 하세!

모두 그러세!

덜미쇠 이번엔 꼭두각시놀이 중 상여놀이나 해보세!

덜미쇠는 꼭두각시 포장무대에서 꽃상여와 인형들을 조종한다. 인형들은 꽃상여를 메고 상여놀이를 한다.

덜미쇠 (선창) 너, 너, 너어허 어거리 넘차너어.

모두 (받는 창) 너, 너, 너어허 어거리 넘차너어.

덜미쇠 (선창) 만고청산 들어가서 송죽(松竹)으로 울을 하고.

모두 (받는 창) 너, 너, 너어허 어거리 넘차너어.

덜미쇠 (선창) 두견새로 벗을 삼어 석침(石枕)을 비고 누었고나.

모두	(받는 창) 너, 너, 너어허 어거리 넘차너어.
덜미쇠	두견새 소리도 노래로다. 거문고 소리도 노래로다.
모두	(받는 창) 너, 너, 너어허 어거리 넘차너어.
덜미쇠	(선창) 살은 썩어 물이 되고 뼈는 썩어 황토된다.
모두	(받는 창) 너, 너, 너어허 어거리 넘차너어.
덜미쇠	(선창) 삼혼칠백 흩어러질 때 어떤 벗님이 나를 찾으랴.
모두	(받는 창) 너, 너, 너어허 어거리 넘차너어.
덜미쇠	(선창) 인생 한번 이 세상 나올 제 어머님 전 살을 빌려.
모두	(받는 창) 너, 너, 너어허 어거리 넘차너어.
덜미쇠	(선창) 아버님 전 뼈를 타고 석가여래 제도할 제.
모두	(받는 창) 너, 너, 너어허 어거리 넘차너어.
덜미쇠	(선창) 칠성님께 명을 빌고 제석님께 복을 받어.
모두	(받는 창) 너, 너, 너어허 어거리 넘차너어.
잽이	쉬 - (장단을 멈춘다) 좀 쉬세.

꽃상여와 인형들도 멈춘다.

덧뵈기	꼭두각시 중에선 상여놀이가 일품이야.
살판쇠	우리도 죽으면 꽃상여 타고 갈 수 있을까….
덧뵈기	꽃상여? 사람이라면 누구나 바램 아닌가.
덜미쇠	올라가지도 못할 나무는 쳐다보지도 말라고 했네.

이때, 저승패 헐레벌떡 들어온다.

저승패	(숨을 헐떡이며) 여, 여보게들… 만, 만적이가 없어졌어!
모두	(놀라며) 만, 만적이가요?
저승패	내, 잠깐 졸, 졸고 있는 틈에….
살판쇠	그러게 내 뭐랬어요. 단단히 감시하라고 했잖아요.
저승패	(떨며) 나와 단단히 약줄 했는데….
살판쇠	(벌컥 화를 내며) 약존 무슨 놈의 약줍니까, 도망갈 구멍만 찾고 있는 놈하고!
덜미쇠	아, 도망간 놈이 따진다고 오나? 어서 가 찾아나 보세.
살판쇠	(분해서) 이놈을 그냥!

모두 황급히 나간다. 이때 술에 취해 휘청거리며, 한탄가를 부르며 들어오는 여사당과 마주친다.

여사당	어디로 갈거나, 어디로 갈거나. 내 님 찾아서 어디로 갈거나.
저승패	(나가다 말고 돌아서며) 여보게, 여사당? 만, 만적이 못 봤는가?
여사당	만적이요? 봤죠.
저승패	봤어?
모두	(돌아서며) 어디서?
여사당	마을 쪽 언덕에서요.
모두	마을 쪽 언덕?
여사당	멍히 하늘만 바라보며 앉아 있던데요. 말을 걸어도 대꾸도 없이… 그런데 왜 그래요? 놀이판이야 밤이나 되어야….

저승패   어서 가보세.

저승패를 따라 모두 나간다.

여사당   (껄껄 웃는다) 학아 날아라… 하늘로 날아라… 널 잡으러 간
다… 하늘 높이 훨훨… (다시 한탄가를 부른다) 어디로 갈거
나/내 님 찾아서/어디로 갈거나/저 산 넘으면/내 님 있을
까/저 강 건너면/내 님 있을까/인생고개 넘어 넘어도/내
님은 찾을 수 없네./(비틀거리며 나간다)

텅 빈 무대에 여사당의 한탄가 소리만 들린다.

에헤헤, 헤이야야
에헤이, 여루에로구나

서서히 암전.

여덟째 마당

전 마당과 다른 마을. 산과 초가들의 위치가 전 마을과 다르다. 마을 앞 들판. 깊은 밤, 하늘엔 반달이 걸려 있다. 고요하다. 다듬이 소리, 간간히 개 짖는 소리도 들린다.

만적 무릎을 꿇고 먼 하늘을 바라보고 있다. 만적이 뺨에는 눈물이 방울진다. 얼마 후 만적, 무엇에 끌리는 듯 서서히 일어난다.

만적   (간절하게) 어, 어름산이 어른… 어름산이 어른….

어느새 어름산이의 환영이 한쪽에 서 있다. 어름산이 학의 탈을 입었다. 커다란 학이 어둠 속에 서 있는 것 같다.

만적   어름산이 어른….

어름산   만적아!

만적   (어름산이 앞에 무릎을 꿇으며) 어름산이 어른….

어름산   만적아, 학춤을 추자꾸나.

만적   (애절하게) 어름산이 어른….

어름산   (어느 새 학춤을 추며) 만적아, 어서! 학춤을 게을리하면 마음에 때가 낀다고 이르잖았느냐. (학춤을 추면서 만적에게 어서 오라고 손짓을 한다) 어서 이리 오렴, 어서!

만적, 무엇에 홀린 사람마냥 서서히 일어나 느리게 학춤을 추기 시작한다. 어름산이와 만적은 정답게 어울리며 학춤을 춘다. 어디선가 짙은 안개가 스며들어와 무대를 덮는다. 짙은 안개 속에서 학춤을 추고 있는 어름산이와 만적, 신비감을 준다.

어름산 (학춤을 추며) 만적아, 학춤은 네가 학이 돼야 춤이 나오니라. 깨끗하고 고귀한 학이 되어야… 니 삶 또한 학과 같아야 한다. 학처럼 살아야 학이 될 수 있느니라, 살아서 못되면 죽어서라도….

두 사람, 다정하게 학춤을 춘다. 여기에 은은하게 노랫소리가 들린다. 신비롭게….

노래 학아 학아 천년 사는 학아 어찌하면 너 따라 하늘로 가랴. 마음이 너마냥 희지 못 하느냐. 몸이 너마냥 희지 못 하느냐. 정성이 네 목보다 높지 못 하느냐. 하늘 그리움이 니 다리마냥 길지 못하느냐. 오늘도 너 되고 싶어, 네 춤을 추노라.

만적 갑자기 춤을 멈춘다. 이윽고 노랫소리도 사라지고, 무대를 덮었던 안개도 어디론가 사라진다. 어름산이도 의아해서 춤을 멈춘다.

어름산 왜 춤을 멈추느냐?

만적 (어름산이 앞에 무릎을 꿇으며) 어름산이 어른….

어름산 왜 멈춰, 춤을?

만적 어름산이 어른… 전… 학, 학이 되긴 틀린 몸입니다….

어름산 왜?

만적 (애원하듯) 어름산이 어른….

어름산 죄를 지었느냐?

만적 (애절하게) 어름산이 어른….

어름산 거짓말을 하였느냐?

만적 어름산이 어른….

어름산 도둑질을 했느냐?

만적 어름산이 어른….

어름산 남에게 몹쓸 짓을 했느냐?

만적 어, 어름산이 어른….

어름산 아니면, 사람으로서 부끄러운 짓을?

만적 (더욱 애절하게) 어, 어름산이 어른….

어름산 (큰 소리로) 아님, 뭐냐?

만적 (괴로워하며) 학, 학춤을… 팔, 팔았습니다, 어름산이 어른….

어름산 (의아해서) 학, 학춤을 팔았다구?

만적 (흐느끼며) 어… 어쩔 수가….

어름산 학춤을 팔아 목구멍에 풀칠을 했단 말이냐?

만적　어, 어름산이 어른….

어름산　(벌컥 화를 내며) 이놈아! 그 학춤이 네놈의 무엇인지 아느
　　　냐! 바로 네놈의 혼이다! 혼!

만적　(역시 흐느끼며) 어, 어름산이 어른….

어름산　이놈아, 목에 칼이 들어와도, 배가 고파서 열 번 스무 번
　　　쓰러져도, 학춤만은 더럽히면 안 된다고 이르잖았드냐?
　　　학춤을 더럽히면 그건 바로 네놈의 혼을 더럽힌 게야! 더
　　　럽혀진 혼을 지닌 놈이 사람된 걸 보았느냐?

만적　(괴로워하며) 어름산이 어른… 어름산이 어른….

어름산　(날카롭게) 네놈은 틀렸다! 자기 혼을 팔아먹은 놈이 어찌
　　　사람이랴! 사람이 못 되는 놈은 결코 학이 될 수 없느니
　　　라. 살아서는 물론이고 죽어서도! 네놈은 틀렸다, 틀렸어!
　　　영영! (어름산이 어디론가 사라진다)

만적　(어름산이의 환영을 좇으며 울부짖듯) 어, 어름산이 어른! (쓰러진
　　　다) 어름산이 어른…. (흐느낀다)

　　　필례, 얼마 전에 들어와 만적을 애처롭게 바라보고 있다. 그러나
　　　필례의 눈에는 어름산이의 환영은 보이지 않는다.
　　　긴 침묵.
　　　다듬이 소리. 이윽고 필례, 만적의 곁으로 다가가 만적의 어깨를
　　　넌지시 감싼다.

필례　만적아, (만적을 일으키며) 밤이 깊었어.

만적	…….
필례	울지 마!
만적	(괴로워하며) 나, 난… 틀렸어… 틀렸단 말야….
필례	만적아, 제발….
만적	…….
필례	만적아, 내가 안아줄게. (만적이를 안는다) 꼬옥 안아줄게.
만적	필… 필례야…. (필례의 가슴에 얼굴을 묻는다)
필례	(만적의 등을 어루만지며) 그래, 우린 한몸이야. 우린 오래 전부터 한몸이었어. 내가 너고 니가 나였어. 니가 울면 나도 울었고, 니가 가슴이 아프면 내 가슴도 아팠어…. 지금도 가슴이 아파.
만적	…….
필례	니가 왜 괴로워하는지 나도 알고 있어.
만적	…….
필례	넌 학춤을 판 게 아니야. 배고픈 사람들을 위해서 학춤을 췄을 뿐이야.
만적	(필례의 품에서 빠져나오며) 아니야! 아니야! 아니야!
필례	(어리둥절해서) 만적아…?
만적	(서서히 증오에 찬 얼굴로 변한다) 빼앗아갔어! 빼앗아간 거야! 내 모든 걸! 송두리째!
필례	만적아, 니가 그러잖아도, 나도 니가 학춤을 춰 얻은 곡식을 먹고 있어. 난 끼니때마다 모래를 씹는 심정이야.
만적	(증오에 차서) 이젠 난, 아무렇게나 살 거야! 몹쓸 놈처럼! 죽

일 놈처럼! 거짓말을 하고, 도둑질도 하고, 남을 속이고, 미워하고, 때리고, 사람 못된 짓은 다….

필례　(만적의 말을 막으며) 만적아!

만적　왜? 내가 못할 것 같아! 두고 보라고, 내가 못하는가!

필례　(쏘아붙이듯) 너답잖게 그게 무슨 소리야? 니 모든 걸 깨뜨려 버리고 싶은 게야? 착하디 착한 니 자신을 헌신짝처럼 내동댕이치고 싶어? (고개를 좌우로 흔든다) 그러면 넌 영영, 학이 될 수 없게 돼.

만적　어차피 난 틀린 놈이야! 자기 혼을 팔아먹은 놈두 사람 이래?

필례　너는 혼을 판 게 아니래두! 배고픈 사람들을 위해서 학춤을 췄을 뿐이야!

만적　그게 판 게 아니고 뭐야?

필례　넌 좋은 일을 한 거야.

만적　좋은 일? 좋은 일을 하는데 왜 내가 이리도 고통스럽지? 내가 학춤을 출 때마다 얼마나 고통스러운지 알아? 마치, 학의 깃털이 하나하나 뽑히는 듯한 그 아픔을 넌 알아? 그건 학춤을 판 데서 온 고통이야. 그 고통은 내 혼을 팔고 있다는 증거구!

필례　(괴로워하며) 모르겠어… 어찌했으면 좋을지… 어찌하면 니 맘을 진정시킬 수 있는 건지….

만적　(절망적으로) 이젠 난, 지탱할 게 없어. 지탱하며 살아갈 그 무엇도 내겐 없어.

필례	그래도… 이제 와서 어쩌겠니, 다시 시작하는 수밖에.
만적	뭘? 뭘 시작해?
필례	니 자신을 다시 찾는 거야. 니 꿈을….
만적	어떻게?
필례	다시 탑을 쌓듯이….
만적	다 허물어져 버린 탑을?… 아무것도 없는데….
필례	찾아보는 거야, 우리 둘이서!

이때 밖에서 "만적이가 없어졌다" 하는 소리가 들린다. 곧이어 사람들이 웅성거리는 소리 "만적이가 없어졌어" 하는 소리도 들린다.

필례	널 찾고 있어.
만적	…….
필례	들어가, 어서.
만적	…….

이윽고 살판쇠, 헐레벌떡 뛰어 들어온다.
만적을 보자 움찔 멈춰 선다. 살판쇠, 멋쩍은 듯 싱겁게 웃는다.

살판쇠	너… 여기 있었구나… 바람을 쐬겠담, 그런다고 말을 할 것이지….
만적	…….

남사당패들 성급히 들어온다. 꼭두쇠, 뜬쇠, 저승패, 덧뵈기쇠, 덜미쇠, 잽이, 여사당 모두 잠결에 뛰어나온 모습들이다. 모두들 만적을 보자 안도의 한숨을 쉰다.

잽이 아이구, 놀래라!

덧뵈기 (투덜거리듯) 제기랄! 자기 암동모 하나 간수 못하고 단잠을 깨?

덜미쇠 꽁꽁 묶고 자라구, 둘이서!

꼭두쇠 살판쇠, 어서 데리고 가게.

살판쇠 (만적의 등을 밀며) 들어가자.

만적 (뿌리치며) 싫어요!

살판쇠 싫어?

만적 그래요? 이젠 살판쇠완 같이 자지 않겠어요!

살판쇠 뭐라구?

만적 (반항하듯) 이젠 삐리(암동모) 노릇도 지긋지긋해요! 내 몸에 손대는 것도 징그럽구요!

살판쇠 (어이가 없다) 어라!

만적 (역시 반항적으로) 내가 왜 도망을 쳤는지 아세요? 살판쇠 때문이었다고요! 밤마다 귀찮게 해 견딜 수가 없었어요. 사람의 짓이 아니었다구요!

살판쇠 (어안이 벙벙해서) 갈, 갈수록 태산이네….

덧뵈기 허허… 싸움 한번 볼만한걸. 허허….

뜬쇠, 잽이 덜미쇠, 여사당 웃는다.

살판쇠 흥! 학춤인가 지랄인가 좀 춘다구 샌님마냥 추켜주니깐, 뭣이 어쩌구 어째?

만적 (대들며) 왜요? 내겐 그만한 권한도 없나요? 모두 누구 덕에 먹고 사는데요?

살판쇠 (벌컥 화를 내며) 이놈아, 누구 모를 줄 알아? 필례가 니놈 암 동모 노릇을 하니깐, 니놈두 숫동모 노릇을 해보겠다는 네놈의 속셈을!

만적 (저돌적으로) 그래요! 필렌 내 암동모예요! 난 필례의 숫동모이구요!

살판쇠 (제압하려는 듯 큰 소리로) 니놈은 내 삐리구, 내 암동모야! 이건 우리 남사당패의 법이야!

만적 채찍으로 학춤을 추게 한 것도 법인가요! 숫동모가 암동모를 고자질한 것도!

살판쇠 (말문이 막힌다) 이놈을! (만적을 때리려고 손을 들자)

만적 왜? 왜 또 때려 보시죠! 그만큼 두들겨 팼으면 그만이지 그래도 부족한가요?

살판쇠 이것을 그냥….

꼭두쇠 (나서며) 진정하게, 살판쇠!

살판쇠 (분을 참으며 팔을 내린다) 아이구! (꼭두쇠에게) 꼭두어른, 우리 남사당패의 질서를 이렇게 마구 깨뜨려도 되는 겁니까?

꼭두쇠 만적인, 살판쇠 자네 삐리야, 어서 데리고 가게

만적	(강하게) 난 못 갑니다!
꼭두쇠	(단호히) 가야 해!
만적	정 그러시면 또 도망치고 말겠어요.
꼭두쇠	(벌컥 화를 내며) 니놈 뜻대로? (사이) 내게 협박을 한 게야?
만적	…….
꼭두쇠	(살판쇠에게) 어서 데리고 가래두!
살판쇠	(만적을 잡아끌며) 가자!
만적	(뿌리치며) 놔요!
살판쇠	(이번엔 만적의 목덜미를 잡아끌며) 가!
만적	(저항하며) 놔요! 놔!
살판쇠	(난폭하게 끌며) 와!

만적, 결국 살판쇠에게 난폭하게 끌려나간다.

덧뵈기   허허… 재밌어라… 재밌어라… 허허….

뜬쇠, 덜미쇠, 잽이도 따라 웃는다.

필례   (쏘아붙이듯) 뭐가 그리도 재밌죠?

모두 의아해서 웃음을 멈춘다.

꼭두쇠   필례 넌 앞으론 만적일 가까이 마라.

필례 (퉁명스럽게) 알아요. 만적이가 살판쇠 암동모란 것도, 누구도 빼앗아 갈 수 없다는 것도, 이것이 우리 남사당패의 어길 수 없는 규칙이란 것도….

꼭두쇠 (필례의 말을 막으며) 알면 지켜야지! 니가 우리 남사당패의 질서를 무너뜨릴 참이냐?

필례 허지만 아버지, 지금 만적인 예전에 만적이가 아니에요. 누군가 따뜻하게 감싸줘야 해요. 학춤을 춘 후부터 만적인 괴로워하고 있어요. 어쩜, 죽을지도 몰라요.

꼭두쇠 죽다니? … 왜?

저승패 (나서며) 필례 말이 맞네. 요즘 만적인, 그토록 명랑하던 애가 웃음도 잃어버렸고, 성질도 난폭해졌어. 어느 땐 넋 나간 사람 같아.

여사당 그래요. 우리 모두 따뜻하게 해줍시다, 만적일.

뜬쇠 (능청스럽게) 우리가 언제 만적일 헌 짚신마냥 천대라고 했나?

덧뵈기 (진실성이 없이) 얼마나 신주단지 모시듯 하고 있는데… 안 그런가들?

덜미쇠 (역시) 암! 그렇구 말구!

필례 만적이가 왜 학춤을 추지 않으려고 했는지 아세요? 채찍을 맞아 살이 갈기갈기 찢기면서도 왜?

뜬쇠 그거야… 춤을 추고 싶지 않았던 게지 뭐….

필례 우린 만적이를 이용해서 곰뱅이를 터 굶주린 배를 채우고 있어요. 우리가 언제 삼 세 때를 다 찾아 먹어본 적이 몇 번이나 있죠? 굶기를 똥찬설(양반) 밥 먹듯 하던 우리가 아니었든가요? 그런 우리가 세 끼를 다 찾아먹고 있어요. 그것도 백이컬(쌀밥)로요! 이게 다 만적이 학춤 덕분이죠.

꼭두쇠 허허… 얼마나 잘된 일이냐. (주위 사람들을 둘러보며) 만적인 그토록 추고 싶은 학춤을 추고….

뜬쇠 (꼭두쇠의 말을 가로채어) 우린 곰뱅일 터….

덧뵈기 (뜬쇠의 말을 자르며) 백이컬로 배 채우고….

덜미쇠 누이 좋고, 매부 좋은 격이지! (웃는다)

잽이 암! 얼씨구 절씨구지! (웃는다)

필례 만적인 춰선 안 될 학춤을 추고 말았어요. 우리 모두가 채찍으로 학춤을 추게 했던 거예요. 그 학춤이 만적이에겐 어떤 것인 줄 아세요? 만적이에게 얼마나 소중한 건지 아세요!

꼭두쇠 목구멍에 풀칠하는 것보다 더 중요할 순 없다!

필례 아버진, 하나밖에 모르시는군요.

꼭두쇠 도대체 학춤이 뭔데? 뭔데 그리도 소중하단 말이냐? 뭔데, 학춤을 좀 췄다고 마음 아파하고, 죽느니 사느니 할 게 뭐냐? 학춤이 만적이 목숨이라도 된다는 게냐?

필례 그래요, 학춤은 만적의 생명과 같은 것이에요.

꼭두쇠 생명과 같은 것?

필례 학춤은 만적의 혼이니까요.

꼭두쇠 혼?

필례 그래요.

꼭두쇠	무슨 뚱딴지 같은 소리냐?
필례	이해가 안 가실 거예요.
꼭두쇠	쓸데없는 말 그만해라. (사이) 어서 들어가 잠이나 자자구!
뜬쇠	그럽시다!
꼭두쇠	내일 아침 일찍 산 너머 마을로 떠나야 해.

모두 꼭두쇠를 따라 나간다. 이때 비명소리. 모두 소리에 깜짝 놀라 발을 멈춘다. 의아해서 뒤를 돌아본다. 살판쇠, 비틀거리며 뛰쳐나온다. 살판쇠 움켜진 가슴에서 피가 흐른다. 모두 놀란다. 눈이 휘둥그레진다.

모두	아니…!

살판쇠, 바닥에 쓰러진다. 남사당패들, 모두 살판쇠를 에워싼다.

꼭두쇠	(살판쇠를 안으며 흔든다) 살판쇠! 살판쇠!
살판쇠	만… 만… 만적이가…. (숨이 끊어진다.)
모두	살판쇠! 살판쇠!
꼭두쇠	(흔들며) 살판쇠! 살판쇠!
모두	살판쇠! 살판쇠!

어느 새 만적이가 나와서 한쪽에 서 있다. 만적의 손에는 피 묻은 칼이 들려 있다. 금방 쓰러질 것 같은 모습이다.

저승패 (실신한 사람처럼) 이럴 수가….

여사당 (역시 넋 나간 사람마냥) 만… 만적이가….

필례 ……. (넋을 놓고 멍하니 서 있다)

덧뵈기 (비통해서) 살판쇠가 죽었다! 살판쇠가 죽었어! (흐느낀다)

뜬쇠 (만적을 발견한다. 살기에 찬 눈으로 쏘아본다) 이놈, 만적아! (쫓아 가 만적의 멱살을 움켜잡고 흔들며) 네놈이 사람을 죽여! 사람 을! (만적, 아무 저항도 없다. 흔드는 대로 흐느적거린다. 칼을 바닥에 떨어뜨린다) 이놈아, 살판쇠가 죽었다! 살판쇠가 죽었어! 살 판쇠가! (만적을 내동댕이치듯 밀친다. 만적, 저만큼 쓰러진다. 만적, 꿈틀거린다. 남사당패들 모두 허탈감에 잠겨 있다.)

긴 침묵. 다듬이 소리가 멀리서 들려온다.

얼마 후 다듬이 소리가 사라진다.

필례 (역시 허탈감 속에서) 살판쇨 죽인 건 만적이가 아녜요. 우리 가 죽인 거예요. 우리 모두가….

뜬쇠 (쏘아붙이듯) 무슨 개 같은 소리냐!

필례 (아랑곳없이) 만적인 지금껏 구김살 하나 없이 꿋꿋하고 명 랑하게 살아왔어요. 정말 학처럼. 만적이가 언제 사람으로 서 몹쓸 짓을 한 걸 보신 적이 있으세요? 착하디 착한 만 적이가 아녔던가요? 길바닥에 개미가 기어가면 그걸 밟지 않으려고 피해서 간 만적이었어요. 그런 만적이가 사람을 죽였어요.

뜬쇠	저놈, 심장에 숨겨둔 괴물이 발동한 게야, 괴물이!
필례	(아랑곳없이) 만적인 사람다운 사람이 되기 위해서 학춤을

취 왔죠. 학같이 고고하고 고귀한 사람이 되기 위해서요. 만적인 학춤을 통해 자신을 사람으로 키워 왔어요. 비가 오나 눈이 오나 매일 새벽녘이면 목욕재계하고 깨끗한 몸과 마음으로 학춤을 춘 것도, 학 같은 사람이 되고자 한 간절한 몸짓이었죠.

여사당, 만적에게로 다가간다. 쓰러져 있는 만적일 일으킨다. 만적을 자기 품안으로 안는다.

필례	만적인 학춤을 자기 혼인 양 성스럽게 여겨왔어요. 학춤이

바로 자기 혼이라고 했어요. 만적이가 그토록 채찍을 맞으면서도 왜 학춤을 추지 않으려 했는지 아세요? 그건 학춤을 더럽히지 않으려고 한 거예요. 학춤을 더럽히면 그건 바로 자기 혼을 더럽힌 것이 되니까요. 혼이 더럽혀진 사람은 결코 학 같은 사람이 될 수 없다고 했어요. 만적인, 살아서 못 되면 죽어서라도 학이 되고 싶어했죠. 학이 되어 드높은 하늘을 훨훨 날아 청학과 백학이 떼를 지어 춤을 추는 그곳으로 가 천년 동안 살고 싶어했어요. 그게 만적의 꿈이었죠. 돌아가신 어름산이 어른께서 만적에게 심어준 꿈이죠. 만적인 그 꿈을 이루기 위해 학같이 깨끗하고 고귀한 사람이 되려고 무던히도 애를 써왔어요. 학 같은 사람만이 언젠가

학이 될 수 있다고 믿고 살아 왔어요. 그런데 우린 어떻게 했죠? 곰뱅이를 터 곡식을 얻기 위해 학춤을 추게 만들었어요. 채찍으로요! 만적이가 그토록 성스럽게 이제껏 지켜왔던 학춤을 우린 더럽히고 말았어요. 그건 깨끗하고 깨끗한 만적의 혼을 더럽힌 거예요! 아니, 우린 만적의 혼을 빼앗아 버렸어요! 지금 만적인 혼이 없어요! (울부짖듯이) 더럽혀진 혼을 지닌 사람이, 혼이 없는 사람이, 어찌 사람이 되겠어요? 그런 사람이 무슨 짓을 못하겠어요? 한 사람이 아니라 열 사람은 못 죽이겠어요? 이건 다 우리 모두의 책임이라구요! 우리의 책임!

뜬쇠   (화를 내며) 그까짓 학춤이 뭔데!

덧뵈기   (큰소리로) 혼이 다 뭐야!

덜미쇠   (역시 큰 소리로) 혼이 밥 멕여준데!

잽이   (큰소리로) 이놈은 사람을 죽인 놈이야! 사람을!

여사당은 만적을 가엾듯 안고 앉아 있다. 꼭두쇠도 죽은 살판쇠를 부둥켜안고 있다. 저승패는 넋 나간 사람처럼 멍하니 서 있다. 이들은 모두 허탈감에 잠겨 있다.

서서히 암전.

아홉째 마당

어둠. 어둠 속에 조명이 커다란 원을 그린다. 만적의 꿈의 장면이다. 그 원 안에 세 사람, 병졸, 만적, 망나니. 병졸, 만적을 밧줄로 결박해 형장으로 끌고 가고 있다. 그 앞에 망나니, 마치 신들린 사람마냥 칼춤을 추며 길을 안내한다. 만적, 기진맥진 비틀거리며 억지로 몸을 이끈다. 만적, 마치 돌밭을 걷듯 비틀거리며 여러 번 넘어질 뻔한다. 병졸, 만적, 망나니 원 안을 돈다. 망나니, 신바람이 난 듯 칼춤을 추며 노래를 부른다.

망나니 우지 말아라 우지 말아라 사람이면 누구나 한번 가는 길 오는 길이 있으면 가는 길도 있는 법인생 한 번 왔다 가는데 어느 누가 그 길 막을쏘냐우지 말아라, 우지 말아라.사람이면 누구나 한번 가는 길

원 밖에서 구경꾼들이 제멋대로 지껄이는 소리 요란하다.

아낙네1 (소리만) 저놈이 사람을 죽였데!
아낙네2 (소리만) 얼굴은 곱상한 놈이 맘속에 흉칙한 이무기가 있었

나봐!

남자1　(소리만) 죽일 놈! 어찌 사람이 사람을 죽여!

남자2　(소리만) 능지처참할 놈! 돌로 쳐라!

여럿이　(남녀노소) 돌로 쳐라! 돌로 쳐! 쳐죽여라! 죽여!

여기저기 사방에서 돌멩이가 날아와 만적을 친다. 만적, 돌을 맞을 때마다 고통스러워한다. 그러나 묵묵히 비틀거리며 걷는다. 망나니는 더욱 신바람이 나서 칼춤을 춘다. 칼날이 만적이 얼굴 앞에 번쩍거리기도 한다.

만적　(끌려가며) 어, 어름산이 어른… 어쩌자구 제게 학춤을 가르쳐 주셨습니까… 어쩌자구 저더러 하처럼 살라고 하셨습니까… 어쩌자구 학춤을 제 혼처럼 지키라고 말씀하셨습니까… 결국 사람을 죽였습니다… 어름산이 어른… 이젠 다 끝났습니다… 살아서 못되면 죽어서라도 천년 사는 학이 되어 저 넓고 푸른 하늘을 훨훨 날고 싶었는데….

병졸, 만적을 무릎 꿇어 앉힌다. 망나니, 만적의 주의를 맴돌며 칼춤을 춘다. 칼춤으로 만적의 혼을 뺀다.

만적　(고개를 들어 하늘을 바라보며) 어름산이 어른….

망나니　(칼춤을 추며 신명나게 노래를 부른다) 인생이란 한낱 꿈이요물거품이요, 그림자 같은 것세상 미련 다 버리고 마음 한번 가다듬으면 저승이 이승이요 이승이 저승이란다.

망나니, 만적의 목에 칼을 겨냥한다.

만적　　　어름산이 어른….

망나니, 칼을 번쩍 치켜든다. 만적의 목을 내려친다.

만적　　　(외마디 비명) 앗!

급히 암전.

열 번째 마당

여덟째 마당과 같은 들판. 새벽 동녘 하늘에 먼동이 튼다. 멀리서
새벽 닭 우는 소리. 저승패, 여사당 허탈한 모습으로 앉아 있다.
필례는 한쪽에 서서 먼 하늘을 바라보고 있다. 만적, 악몽에서 깨
어난 듯 몸을 떤다. 만적은 밧줄에 묶여 있고, 그의 얼굴에 식은땀
이 방울진다.

저승패   (만적에게) 웬 비명소리, 니 악몽을 꾸었나 보구나.

만적   ……. (몸을 떤다)

저승패   맘을 단단히 먹어라. 그래야 내일 관가에 가드래도 니 맘
         을 뚜렷이 전달할 게 아니겠느냐. 어쩌다가 실수로 한 짓
         이라고….

만적   …….

저승패   (한숨을 짓는다) 뜬구름 같은 인생… 이쪽에서 저쪽으로 흘
         러가면 그만인데… 뭐가 이리도 가슴 아픈 일이 많고도
         많은지….

여사당   (먼 하늘만 바라보며) 만적아, 다 내 탓이다. 내가 똥찬설에게
         학춤 얘기만 꺼내지 안 했드래두… 니가 이런 일까지….

저승패	따지고 보면 죽은 어름산이가 원망 받을 사람이지… 어린 만적이에게 너무 무거운 짐을 짊어지게 한 게야. 학처럼 고고하게 고귀하게 살라는 것도… 학춤이 바로 혼과 같으니 더럽히면 안 된다는 것도… 이 험난한 세상에서 어찌다 지키라고…. (멀리서 개 짖는 소리) 다들 오나보다.

긴 침묵.

만적	저… 저승패 어른….
저승패	날 불렀느냐?
만적	저, 저승패 어른… 이 숨, 숨통을… 숨통을 좀….
저승패	인석아, 이 늙은이 심장에 못 박지 마라.
만적	(여사당에게) 여사당… 제발… 숨, 숨통을 좀 끊, 끊어줘….
여사당	(울벅이며) 만적아, 그러지 마라, 진정해….
만적	(저만큼 서 있는 필례에게. 필례는 외면하고 있다. 그러나 그녀의 뺨에는 눈물이 주루룩 흐른다) 필, 필례야? (대답이 없자 약간 큰소리로) 필례야?
필례	……. (움직일 줄 모른다. 그러나 바늘로 심장을 찌른 듯한 고통스러운 표정이다)
만적	필례야! 제발 부탁이야! 이 숨, 숨통을 좀… 응? 필례야?
필례	(이윽고 폭발하듯이 울부짖는다) 날더러 어쩌란 거야? 어쩌라고… 어쩌라고…. (마침내 엉엉 울어버린다.)
만적	(괴로워하며) 견… 견딜 수가 없단 말이야… 견딜 수가… 견

94

딜 수가…. (엉엉 울어버린다)

이때 밖에서 인기척 소리. 곧이어 꼭두쇠, 뜬쇠, 덧뵈기쇠, 덜미쇠, 잽이 들어온다. 이들의 손에는 삽과 괭이를 들었다. 이들은 살판쇠를 암매장하고 오는 길이다. 모두 기진맥진해 있다. 이들은 들어와 아무렇게나 쓰러지듯이 주저앉는다.

잠시 침묵.

저승패   잘 묻어 주었는가들?

뜬쇠   예, 짐승이 파먹지 못할 정도론 덮어주었습니다만….

저승패   부디 극락이라도 가야 될 텐데.

덧뵈기   (코웃음을 친다) 극락이요? 자기 암동모한테 칼 맞아 뒈진 놈이 극락은 무슨 놈의 극락입니까?

덜미쇠   (덤덤하게) 극락은 그만두고 저승이라도 갔음, 맘이나 가볍겠소이다.

잽이   (울먹이며) 바보 같은 사람… 이놈의 세상에서 뭣을 더 볼게 있다구, 끝내 눈을 못 감고 땅 속에 묻혀!

덧뵈기   (벌컥 화를 내며) 원한을 풀어줘야 눈을 감재!

꼭두쇠   (일어나며) 들어가 눈이나 좀 붙이세. 벌써 먼동이 텄어. 아침 일찍 떠나야 해.

뜬쇠   동이 다 텄는데요 뭐. 여기 있다가 이놈을 관가로 끌고 가야죠!

꼭두쇠 ……. (뜬쇠를 쏘아본다)

덧뵈기 살판쇠 넋을 달래 주려면….

덜미쇠 살판쇨, 구천에서 헤매게 할 수야….

꼭두쇠 (쏘아붙이듯) 내가 그만큼 당부를 했건만!

덧뵈기 아무리 생각해도 그렇게는….

꼭두쇠 (덧뵈기쇠의 말을 가로막으며) 그렇게 해야 해!

잽이 살판쇠 한을 풀어 줘야죠! 한을!

꼭두쇠 이 사람들아, 죽은 사람은 죽은 사람이고, 산 사람은 살아야 될 게 아니냐?

덧뵈기 그렇게 살고 싶지 않습니다!

꼭두쇠 (큰 소리로) 그럼, 우리 모두 죽자는 게야! 우리 모두!

덧뵈기 그 에 학춤이 아녔어도 우린 살아왔습니다, 지금껏!

꼭두쇠 그것도 산 게야? 굶기를 똥찬설 밥먹듯 한 것두? 더구나 조금 있음 엄동설한이야. 엄동설한에 어찌 곰뱅이를 터 목구멍에 풀칠을 해?

덧뵈기 작년 겨울에도 안 죽고 살았습니다.

꼭두쇠 (큰 소리로) 모두 맘대로 해! 누구 굶어 죽고 싶은 자가 있음, 나와서 만적일 끌고 관가에 가보라구! 어서!

남사당패들, 아무도 나서지 못한다.

꼭두쇠 내가 살판쇨 암매장한 것도, 이 일을 비밀로 덮어 주자는 것도, 다 우리가 살기 위해서야.

만적	(넋 나간 사람처럼 멍해서) 관, 관가로… 보내주세요… 관가로….
꼭두쇠	만적이 넌 살아야 된다. 살아서 학춤만 추면 만사 해결돼.
필례	아버진, 참으로 매정하시군요.
꼭두쇠	필례 넌, 참견 마라.
필례	아버진, 만적이가 불쌍하지도 않으세요?
꼭두쇠	참견 말래두, 넌!
필례	아무도 나서잖으면 제가 만적일 관가에 고하겠어요.
꼭두쇠	너 미쳤냐?
필례	만적인 사람을 죽였어요. 개미 하나 죽이지 못하던 만적이가요!
꼭두쇠	(건성으로) 그래서 살려주자는 게다.
필례	살려주신다고요? 학춤을 팔아 곰뱅일 터 백이컬로 배 채우자는 속셈이 아니고요?
꼭두쇠	어쨌든 죽은 것보다야 백 배 나아. 관가에 끌려가면 만적인 죽어.
필례	만적인 차라리 죽기를 바래요. 학춤을 팔아먹고 사느니, 차라리 죽기를….
꼭두쇠	저승에 정승보다 이승에 거지가 낫다구 했다!
필례	만적인 학춤을 팔 때마다 마치 학이 깃털을 뽑아내는 듯이 아파해요.
꼭두쇠	아픔, 아픔 하지만 배고픈 아픔에 비하겠느냐? 학춤을 파니, 혼을 파니 하는 따위는 다 배부른 생각이야. 삼일만 굶

어봐라. 학춤이 저절로 나올게다!

필례 이젠 만적인 아무것도 할 수 없어요. 만적일 보세요. 참으로 깃털이 다 뽑힌 학 같잖아요. 깃털이 없는 학이 어찌 춤을 추겠어요. (무릎을 꿇으며 간절히 애원한다) 아버지, 제발! 만적일 관가로 보내주세요? 네?

꼭두쇠 몇 번 말해야 알아듣겠느냐? 내가 안 된다면 안 돼!

필례 (애원하며) 이젠 만적인 자기 자신도 지탱할 힘도 없어요. 지탱하고 살아갈 그 무엇도 만적에게는 없어요. 네? 아버지?

만적 (실성한 사람처럼) 관… 관가로… 보… 보내주세요.

필례 만적일 보세요. 예전에 만적이가 아니에요. 그토록 기백이 있던 만적이가 아녜요. 만적인 모든 게 끝났어요. 오직 죽고 싶을 뿐… 조금 전에도 저승패 어른, 여사당 그리고 저에게 만적인 애원했어요. 자기 숨통을 좀 끊어달라고요!

꼭두쇠 (외면하며) 마음 아픈 것은, 세월이 차츰 해결해줄 게다. 만적이 넌, 아무 생각을 말아라. 아무 일도 없었듯이 마음을 가볍게 가져라. 넌 학춤만 추면 만사형통이다!

필례 (일어나며, 어떤 결심 속에서) 이번만은 아버지 뜻대론 안 될 거예요. 절대로!

꼭두쇠 (단호하게) 내 뜻대로 돼야 해! 그래야 우리가 살아!

필례 (반항하듯이) 절대로 그렇게는 못해요! 절대로!

꼭두쇠 (휙 고개를 돌려 필례를 쏘아보며) 이년이!

필례 (여전히 반항적으로) 제가 관가에 고하겠어요! 제가요!

꼭두쇠 못된 년! (필례의 뺨을 후려친다)

필례 (아픈 듯 뺨을 만지며 꼭두쇠를 쏘아보다 말고 울부짖는다) 난 만적일 사랑해요! 만적일 사랑한다구요! 오죽하면 사랑하는 사람을 관가에 고하겠어요! 만적의 고통을 덜어주자는 거예요! 고통을요. (흐느낀다)

만적 (여전히 실성한 사람처럼) 관, 관가로… 관가로… 보내주세요….

꼭두쇠 (화를 내며 큰 소리로) 누구도 내 뜻을 거역할 수 없다! 내 뜻을! 난 남사당패를 이끌어 가야할 의무가 있는 꼭두쇠다!

암전.

열한 번째 마당

시골 길. 잿빛 하늘에서 눈이 내린다. 남사당패들 긴 행렬을 이어가며 이 마을에서 저 마을로 떠나가는 길이다. 남사당패들은 크고 작은 봇짐을 짊어졌고, 징, 북, 장고 같은 악기들도 매고 들었다. 그들의 발걸음은 마치 패잔병의 발걸음처럼 무겁고 무겁다. 만적, 저승패, 필례 역시 행렬 후미에서 무기력하게 걸어가고 있다. 하늘에서 내리는 눈은 더욱 이들을 처량하게 만든다. 남사당패의 행렬 맨 앞에서 걸어가고 있는 여사당은 노래를 부르고 있다. 아니, 노래라기보다는 흥얼거림에 가깝다. 어찌 들으면 콧노래 같기도 하다. 그러나 그 곡은 심장을 찌르는 듯이 애절하다. 남사당패들이 다 나가고 무대가 텅 빌 때까지 그 노래 소리가 들린다. 오랫동안….

서서히 암전.

열두 번째 마당

열한 번째 마당과 다른 마을. 산과 들, 초가들의 위치가 전 마당과 다르다. 무대는 역시 마을 앞 들판. 겨울 오후. 하늘은 잿빛 구름으로 덮여 있다. 마을 쪽에서 농악소리가 들려온다. 저승패와 만적, 만적의 발목에 밧줄이 묶여 있다. 그 밧줄의 끝을 잡고 저만큼 앉아 있는 저승패, 두 사람은 멍하니 하늘을 바라보고 있다.

저승패   금방, 또 눈이 올 것 같구나.

만적   ……

저승패   만적아?

만적   ……

저승패   너, 이 저승팰 원망하느냐?

만적   ……

저승패   이 늙은이도 이 꼴 저 꼴 안 보고 어서 땅 속에 들어갔음 맘이나 편컸다만… 질긴 목숨 부지하려고 이렇게 널 감시하고 있노라면… 나도 가슴을 송곳으로 찌르는 듯 아프단다.

만적   ……

저승패   만적아, 관가에 끌려가지 않는 것만도 천만다행으로 여

101

겨라.

만적　……. (여전히 멍하니 하늘만 바라보고 있다)

저승패　만적아, 세상을 살아가려면 때론 몸도 팔고 양심도 팔아
　　　　야 할 때가 있단다. 그래도 모진 한 목숨 동강내지 못하고
　　　　살아야 되는 게 인생이란다.

만적　…….

저승패　부디 다 잊어버려라. 이것저것 다 팽개쳐버려. 너도 다른
　　　　사람들처럼 그냥 살아가는 거야. 다른 사람들처럼 웃고,
　　　　떠들고, 춤추고, 노래하고, 놀이하고 세상을 쉽게 살아가
　　　　거라. 물 흐르듯이 세월만 따라가면 그만인 게야, 인생이
　　　　란….

만적　…….

저승패　(일어난다) 자, 그만 움막으로 들어가자. 날씨가 차구나. (하늘
　　　　을 보며) 눈이 내리는구나.

만적　…….

저승패　들어가 뭘 좀 먹어야지. 벌써 서너 날을 밥톨 하나 입에 넣
　　　　잖고 있으니… 어서.

만적　……. (아무 반응이 없다)

이때. 여사당이 한탄가를 부르며 들어온다. 술에 취해 비틀거리며
들어온다. 어느 새 함박눈이 내린다.

여사당　한많은 인생살이 설움 설움도 많네 / 인생은 풀잎에 맺힌

이슬이요 / 바람 앞에 등불이라 했거늘 / 이내 명줄을 무엇으로 묶었기에 / 이 설움 저 설움 다 겪게 하노.

저승패 (여사당을 노려보며) 쯧쯧… 이 판국에 오늘도 술독에 빠졌군!

여사당 (아랑곳없이 하늘을 보며) 눈이 내려요, 눈이… 눈아, 펑펑 내려라. 온 세상이 하얗게… 답답한 가슴 한번 시원해보자꾸나. 펑펑… (만적을 본다) 오호, 깃털 뽑힌 학이… (만적에게로 다가간다. 무릎을 꿇고 만적의 양손을 잡는다) 미안하다…미안하다… 이 몹쓸 여사당이 네게 고통을 주었구나. 그 학춤이 네게 그토록 소중한 것일 줄이야. 용서해다오… 이 죽일 여사당을….

만적 ……. (아무 반응이 없다)

저승패 어서 들어가 놀이 준비나 하게.

여사당 (감정을 털어버리고 일어서며) 그래야죠. 질긴 명줄 손수 못 끊으니 어쩌겠어요. 그래도 살아야지… 만적아, 우리 그래도 살자꾸나, 살자꾸나…. (다시 한탄가를 부른다)
우리 살자꾸나 살자꾸나우리 인생 끝맺은 건 숨 한번 몰아쉬면인생만사 잊으련만 숨 한번 몰아쉬기가태산 오르기보다 어렵구나에헤야 헤이야아 어헤이 여루에로구나

여사당 노래를 부르며 나간다. 반대편에서 필례 들어온다. 필례, 술병과 무엇을 싼 보자기를 들었다. 마을 쪽에서 들려오는 농악소리 높아지다가 다시 멀어지며 사라진다.

103

필례	저승패 어른, 이것 좀 드세요.
저승패	뭐냐?
필례	술이에요. 저승패 어른이 생각나서 마을에서 한 병 얻어 왔어요.
저승패	(술병을 받는다) 고맙구나.
필례	안주도요.
저승패	(받으며) 고맙다, 고마워.
필례	어서 드세요.
저승패	그러마 .(병째로 술을 마신다) 아핫! (안주를 먹는다)
필례	저… 저승패 어른?
저승패	…….
필례	부탁이 하나 있어요.
저승패	무슨?
필례	만적일 좀 풀어주세요.
저승패	어쩌려구?
필례	저하고 학춤을 한번 추려구요.
저승패	학춤을?
필례	승낙하시는 거죠?
저승패	(잠시 생각하다가) 여기서야?
필례	염려마세요. (만적에게로 가 만적의 발목에 묶인 밧줄을 푼다. 저승패는 연거푸 술을 마신다) 만적아, 너와 함께 학춤을 추고 싶어서 왔어.
만적	…….

필례   (밧줄을 다 풀고) 됐어, 일어나. (만적의 팔을 잡아 일으킨다)

만적   ……. (필례에게 이끌려 일어난다)

필례   (들고 온 보자기에서 학의 탈을 꺼낸다) 이걸 입어. 니가 학춤 출 때 입은 학의 탈이야.

필례, 만적에게 학의 탈을 입힌다. 만적, 필례가 입혀주는 대로 따라 입는다. 이윽고 만적은 커다란 학으로 변한다. 연거푸 술을 마시던 저승패는 어느 새 꾸벅꾸벅 졸고 있다

필례   만적아?

만적   ……. (엷은 미소를 짓는다)

필례   나, 한번 안아줄래?

만적   ……. (양팔을 벌린다)

필례, 만적의 가슴 안으로 들어간다. 만적, 필례를 꼬옥 안는다. 마치 커다란 학이 예쁜 소녀를 안고 있는 듯 보인다.

필례   니 가슴이 따뜻하구나.

만적   니… 니 가슴도….

필례   우린 한몸이지?

만적   그래.

필례   나 사랑해?

만적   그래.

필례 얼마큼?

만적 하, 하늘만큼….

필례 난 널… 하늘과 땅만큼이야.

만적 알아.

필례 자, 우리 춤을 추자. 학춤을. (만적의 품에서 나온다. 만적을 무대 중앙으로 끌며) 이리와 (사이) 무릎을 꿇자. (필례, 만적 무릎을 꿇는다) 두 손을 합장하고… (두 손을 합장하여 가슴 위에 얹는다) 마음을 비워… (사이) 마음 속으로 삼정도를… 정심… 정결… 정행….

두 사람. 오랫동안 기원한다. 어느새 함박눈이 펑펑 내리고 농악소리 높아지다가 서서히 사라지면서 어디선가 은은한 노랫소리고 바뀐다.

만적, 필례 그 노랫소리에 이끌리듯 서서히 일어서며 학춤을 추기 시작한다. 다정하게 학춤을 춘다. 꿈결같이 아름답게 학춤을 춘다.

노래 학아 천년 사는 학아어찌하면 너 따라 하늘로 가랴마음이 너 마냥 희지 못하느냐몸이 너 마냥 희지 못하느냐정성이 네 목보다 높지 못하느냐하늘 그리움이 니 다리마냥 길지 못하느냐오늘도 너 되고 싶어 네 춤을 추노라

은은하게 신비감을 주는 노랫소리가 끝나고 춤이 절정에 달했을 때, 필례가 만적을 낚아채듯 안는다. 필례, 만적을 안으며 칼로 만

적의 가슴을 찌른다. 앗! 순간 모든 동작이 갑자기 정지된다. 한동안 필례, 칼이 꽂힌 만적의 가슴을 힘껏 껴안는다. 만적 역시 고통을 참으며 필례를 힘껏 안는다.

필례   아파?

만적   (억지로 미소를 보이며) 아, 아니….

필례   이젠 니 부탁… 다 들어줬어.

만적   (역시 미소를 보이며) 고… 고마워….

필례   앉고 싶어?

만적   ……. (기운 없이 고개만 끄덕)

필례   ……. (만적을 자기 가슴에 기대 앉힌다)

필례는 커다란 학을 안고 있는 것 같다. 만적의 가슴엔 칼과 피.

만적   이, 이렇게… 이렇게 맘, 맘이 편한걸….

필례   그래?

만적   (고개를 끄덕이며) 그래.

필례   이젠 내가 학춤을 줄게.

만적   (미소를 보이며) 네, 네가?

필례   그래.

만적   넌… 학… 학춤을 팔지 마.

필례   그렇게, 죽어도.

만적   학, 학춤을 더럽히면… 그건 니 자신을 더럽힌 거야… 그,

그런 사람은 학 같은 사람이 될 수 없어… 사, 사람도 못되면, 학, 학이 될 수 없어. 죽, 죽어서도….

필례   명심할게.

만적   넌 해낼 수 있을 거야….

필례   힘쓸게.

만적   하, 하늘에… 학 한 마리가….

필례   (하늘을 바라보며) 그러네.

만적   어, 어름산이 어른이실 게야. 날, 날… 부르시고 계셔….

필례   어, 어서 가봐.

만적   필… 필례야?

필례   응?

만적   한번 우, 웃어 줄래?

필례   (슬픈 감정을 억제하려고 애를 쓰며 미소를 보인다) 웃… 웃고 있잖아….

만적   고, 고마…워…. (숨을 거둔다)

필례   (만적의 얼굴을 쓰다듬으며) 울, 울지 않을게. 울지 않을게… 울지 않을게…. (치밀어 오르는 슬픔을 이를 깨물며 참는다)

저승패   (이때 추운 듯 몸을 떨며 번쩍 깨어난다. 만적과 필례를 본다. 소스라치게 놀라며) 아, 아니! (허둥지둥 뛰쳐나간다) 아니! 칼! (만적의 시체를 덥석 잡으며) 아, 아니, 이게 웬….

필례   (담담하게) 갔어요, 멀리.

저승패   (시체를 흔들며) 만, 만적아! 만적아! 이놈, 만적아! (아무리 흔들어 깨워도 반응이 없다. 얼마 후 저승패, 비틀거리며 일어난다)

아니… 만, 만적이가… 만적이가…. (갑자기 미친 사람마냥 절규한다) 만적이가 죽었다! 만적이가 죽었다! 만적이가 죽었어!

어느새 마을 쪽에서 들려오는 농악소리가 높아진다. 저승패는 "만적이가 죽었다!"고 큰 소리로 몇 번이고 외친다. 땅을 치며 비통하게 외치기도 한다. 그러나 저승패의 절규 소리는 농악소리가 삼켜버리고 만다. 저승패의 외치는 처절한 몸부림만 마임처럼 보인다. 함박눈은 더욱 펑펑 내리고.

－막

한국 희곡 명작선 137

천년새

초판 1쇄 인쇄일   2023년 11월 20일
초판 1쇄 발행일   2023년 11월 29일

지 은 이   윤한수
만 든 이   이정옥
만 든 곳   평민사
　　　　　서울시 은평구 수색로 340 〈202호〉
　　　　　전화 : 02) 375-8571 / 팩스 : 02) 375-8573
　　　　　http://blog.naver.com/pyung1976
　　　　　이메일 pyung1976@naver.com
등록번호   25100-2015-000102호
ISBN　　 978-89-7115-102-0 04800
　　　　　978-89-7115-663-6 (set)
정 　 가   10,000원

이 책은 사단법인 한국극작가협회가 한국문화예술위원회의 2023년 제6회 극작엑스포
지원금을 받아 출간하였습니다.

한국 희곡 명작선

01 윤대성 | 나의 아버지의 죽음
02 홍창수 | 오늘 나는 개를 낳았다
03 김수미 | 인생 오후 그리고 꿈
04 홍원기 | 전설의 달밤
05 김민정 | 하나코
06 이미정 | 여행자들의 문학수업
07 최세아 | 어른아이
08 최송림 | 에케호모
09 진 주 | 무지개섬 이야기
10 배봉기 | 사랑이 온다
11 최준호 | 기록의 흔적
12 박정기 | 뮤지컬 황금잎사귀
13 선욱현 | 허난설헌
14 안희철 | 아비, 규환
15 김정숙 | 심청전을 짓다
16 김나영 | 밥
17 설유진 | 9월
18 김성진 | 가족사(死)진
19 유진월 | 파리의 그 여자, 나혜석
20 박장렬 | 집을 떠나며 "나는 아직 사
　　　　랑을 모른다"
21 이우천 | 결혼기념일
22 최원종 | 마냥 씩씩한 로맨스
23 정범철 | 궁전의 여인들
24 국민성 | 조르바 빠들의 불편한 동거
25 이시원 | 녹차정원
26 백하룡 | 적산가옥
27 이해성 | 빨간시
28 양수근 | 오월의 석류

29 차근호 | 루시드 드림
30 노경식 | 두 영웅
31 노경식 | 세 친구
32 위기훈 | 밀실수업
33 윤대성 | 상처입은 청룡 백호 날다
34 김수미 | 애국자들의 수요모임
35 강제권 | 까페07
36 정상미 | 낙원상가
37 김정숙 | '숙영낭자전'을 읽다
38 김민정 | 아인슈타인의 별
39 정범철 | 불편한 너와의 사정거리
40 홍창수 | 메데아 네이처
41 최원종 | 청춘, 간다
42 박정기 | 완전한 사랑
43 국민성 | 롤로코스터
44 강 준 | 내 인생에 백태클
45 김성진 | 소년공작원
46 배진아 | 서울은 지금 맑음
47 이우천 | 청산리에서 광화문까지
48 차근호 | 조선제왕신위
49 임은정 | 김선생의 특약
50 오태영 | 그림자 재판
51 안희철 | 봉보부인
52 이대영 | 만만한 인생
53 박경희 | 트라이앵글
54 김영무 | 삼강주막에서
55 최기우 | 조선의 여자
56 윤한수 | 색소폰과 아코디언
57 이정운 | 덕만씨를 찾습니다

58 임창빈 | 왜 그래
59 최은옥 | 진통제와 저울
60 이강백 | 어둠상자
61 주수철 | 바람을 이기는 단 하나의 방법
62 김명주 | 달빛에 달은 없고
63 도완석 | 봄 여름 가을 그리고 겨울
64 유현규 | 칼치
65 최송림 | 도라산 아리랑
66 황은화 | 피아노
67 변영진 | 펜스 너머로 가을바람이 불기 시작해
68 양수근 | 표(表)
69 이지훈 | 나의 강변북로
70 장일홍 | 오케스트라의 꼬마 천사들
71 김수미 | 김유신(죽어서 왕이 된 이름)
72 김정숙 | 꽃가마
73 차근호 | 사랑의 기원
74 이미경 | 그게 아닌데
75 강제권 | 맘비엣, 보
75 정범철 | 시체들의 호흡법
77 김민정 | 짐승의 時間
78 윤정환 | 선물
79 강재림 | 마지막 디너쇼
80 김나영 | 소풍血戰
81 최준호 | 핏빛, 그 찰나의 순간
82 신영선 | 욕망의 불가항한 대상
83 박주리 | 먼지 아기/꽃신, 그 길을 따라
84 강수성 | 동피랑
85 김도경 | 유튜버(U-Tuber)
86 한민규 | 무희, 무명이 되고자 했던 그녀
87 이희규 | 안개꽃/화(火), 화(花), 화(華)

88 안희철 | 데자뷰
89 김성진 | 이를 탐한 대가
90 홍창수 | 신라의 달밤
91 이정운 | 봄, 소풍
92 이지훈 | 머나 먼 벨몬트
93 황은화 | 내가 본 것
94 최송림 | 간사지
95 이대영 | 우리 집 식구들 나만 빼고 다 이상해
96 이우천 | 중첩
97 도완석 | 하늘 바람이어라
98 양수근 | 옆집여자
99 최기우 | 들꽃상여
100 위기훈 | 마음의 준비
101 노경식 | 봄꿈(春夢)
102 강추자 | 공녀 아실
103 김수미 | 타클라마칸
104 김태현 | 연선
105 김민정 | 목마, 숙녀 그리고 아포롱
106 이미경 | 맘모스 해동
107 강수성 | 짝
108 최송림 | 늦둥이
109 도완석 | 금계필담
110 김낙형 | 지상의 모든 밤들
111 최준호 | 인구론
112 정영욱 | 농담
113 이지훈 | 조카스타2016
114 안희철 | 만나지 못한 친구
115 김정숙 | 소녀
116 이상용 | 현해탄에 스러진 별
117 유현규 | 임신한 남자들
118 김성희 | 동행
119 강제권 | 없시요
120 최기우 | 정으래비
121 강재림 | 살암시난

122 장창호 | 보라색 소
123 정범철 | 밀정리스트
124 정재춘 | 미스 대디
125 윤정환 | 소
126 한민규 | 최후의 전사
127 김인경 | 염쟁이 유씨
128 양수근 | 나도 전설이다
129 차근호 | 암흑전설영웅전
130 정민찬 | 벚꽃피는 집
131 노경식 | 반민특위
132 박장렬 | 72시간
133 김태현 | 손은 행동한다
134 박정기 | 승평만세지곡
135 신영선 | 망각의 나라
136 이미경 | 마트료시카
137 윤한수 | 천년새
138 이정수 | 파운데이션
139 김영무 | 지하전철 안에서
140 이종락 | 시그널 블루
141 이상용 | 고모령에 벚꽃은 흩날리고
142 장일홍 | 이어도로 간 비바리
143 김병재 | 부장들
144 김나정 | 저마다의 천사
145 도완석 | 누파구려 갱위강국
146 박지선 | 달과 골짜기
147 최원석 | 빌미
148 박아롱 | 괴짜노인 하삼선
149 조원석 | 아버지가 사라졌다
150 최원종 | 두더지의 태양
151 마미성 | 벼랑 위의 가족
152 국민성 | 아지매 로맨스
153 송천영 | 산난기
154 김미정 | 시간을 묻다
155 한민규 | 사라져가는 잔상들
156 차범석 | 장미의 성

157 윤조병 | 모닥불 아침이슬
158 이근삼 | 어떤 노배우의 마지막 연기
159 박조열 | 오장군의 발톱
160 엄인희 | 생과부위자료청구소송